Contemporánea

Mario Benedetti (Paso de los Toros, Uruguay, 14 de septiembre de 1920 - Montevideo, 17 de mayo de 2009) cursó estudios primarios en el colegio alemán de la capital uruguaya y acabó los estudios secundarios por libre. De joven se ganó la vida como taquígrafo, vendedor, cajero, contable, funcionario público y periodista. Fue autor de más de ochenta libros que comprenden novelas, relatos, poesía, teatro y crítica literaria, y su obra se ha traducido a más de veinticinco idiomas. En 1953 apareció su primera novela, *Quién de nosotros*, pero su consagración como narrador llegó gracias al libro de cuentos *Montevideanos* (1959). Con su siguiente novela, *La tregua* (1960), adquirió proyección internacional: la obra contó con más de ciento cincuenta ediciones, se tradujo a diecinueve idiomas y se adaptó al cine, al teatro, a la radio y a la televisión. Por razones políticas, el autor debió abandonar su país en 1973, iniciando un exilio de doce años que lo llevó a vivir en Argentina, Perú, Cuba y España, y que a su retorno dio lugar al proceso que bautizó como «desexilio». Mario Benedetti recibió, entre otros, el Premio Reina Sofía de Poesía, el Premio Iberoamericano José Martí y el Premio Internacional Menéndez Pelayo.

Mario Benedetti

Primavera con una esquina rota

DEBOLSILLO

Papel certificado por el Forest Stewardship Council®

Penguin
Random House
Grupo Editorial

Primera edición en Debolsillo: julio de 2015
Decimosexta reimpresión: junio de 2024

© 1982, Mario Benedetti
c/o Schavelzon Graham Agencia Literaria
www.schavelzongraham.com
© 2015, de la presente edición en castellano:
Penguin Random House Grupo Editorial, S.A.U.
Travessera de Gràcia, 47-49. 08021 Barcelona
Diseño de la cubierta: Penguin Random House Grupo Editorial
Fotografía de la cubierta: © Jesús Acevedo

Printed in Spain – Impreso en España

ISBN: 978-84-9062-676-4
Depósito legal: B-13.972-2015

Impreso en Liberdúplex
Sant Llorenç d'Hortons (Barcelona)

P 62676 B

*A la memoria
de mi padre (1897-1971)
que fue químico
y buena gente.*

Se soubesse que amanhã morria
E a primavera era depois de amanhã,
Morreria contente, porque ela era depois
de amanhã.

FERNANDO PESSOA

Almanaque caduco, espejo roto.

RAÚL GONZÁLEZ TUÑÓN

Intramuros
(Esta noche estoy solo)

Esta noche estoy solo. Mi compañero (algún día sabrás el nombre) está en la enfermería. Es buena gente, pero de vez en cuando no viene mal estar solo. Puedo reflexionar mejor. No necesito armar un biombo para pensar en vos. Dirás que cuatro años, cinco meses y catorce días son demasiado tiempo para reflexionar. Y es cierto. Pero no son demasiado tiempo para pensar en vos. Aprovecho para escribirte porque hay luna. Y la luna siempre me tranquiliza, es como un bálsamo. Además ilumina, así sea precariamente, el papel, y esto tiene su importancia porque a esta hora no tenemos luz eléctrica. En los dos primeros años ni siquiera tenía luna, así que no me quejo. Siempre hay alguien que está peor, como concluía Esopo. Y hasta peorísimo, como concluyo yo.

Es curioso. Cuando uno está afuera e imagina que, por una razón o por otra, puede pasar varios años entre cuatro paredes, piensa que no aguantaría, que eso sería sencillamente insoportable. No obstante, es soportable, ya se ve. Al menos yo lo he soportado. No niego haber pasado momentos de desesperación, además de aquellos en que la desesperación incluye sufrimiento físico. Pero ahora me refiero a la desesperación pura, cuando uno empieza a calcular, y el resultado es esta jornada de clausura, multiplicada por miles de días. No obstante, el cuerpo es más adaptable que el ánimo. El cuerpo es el primero que se acostumbra a los nuevos horarios, a sus nuevas posturas, al nuevo ritmo de sus necesidades, a sus nuevos cansancios, a sus nuevos descansos, a su nuevo hacer y a su nuevo no hacer. Si tenés un compañero, lo podés medir al principio como a un intruso. Pero de a poco se va convirtiendo en interlocutor. El de ahora es el octavo. Creo que con todos me he llevado bastante bien. Lo bravo es cuando las desesperaciones no coinciden, y el otro te contagia la suya, o vos le contagiás la tuya. O también puede ocurrir que uno de los dos se oponga resueltamente al contagio y esa resistencia origine un choque verbal, un enfrentamiento, y en esos casos justamente la condición de clausura ayuda poco, más bien exacerba los ánimos, le hace a uno (y al otro) pronunciar agravios, y, algunas veces, hasta decir cosas irreparables que enseguida agudizan su significado por el mero hecho de que la presencia del otro es obligatoria y por tanto inevitable. Y si la situación se pone tan dura que los dos ocupantes del lugarcito no se dirijan la palabra, entonces tal compañía, embarazosa y tensa, lo deteriora a uno mucho más, y más rápidamente, que una soledad total. Por suerte, en este ya largo historial, tuve un solo capítulo de este estilo, y duró poco. Estábamos tan podridos de ese silencio a dos voces, que una tarde nos miramos y casi simultáneamente empezamos a hablar. Después fue fácil.

Hace aproximadamente dos meses que no tengo noticias tuyas. No te pregunto qué pasa porque sé lo que pasa. Y lo que no. Dicen que dentro de una semana todo se regularizará otra vez. Ojalá. No sabés lo importante que es una carta para cualquiera de nosotros. Cuando hay recreo y salimos, de inmediato se sabe quiénes recibieron cartas y quiénes no. Hay una extraña iluminación en los rostros de los primeros, aunque muchas veces traten de ocultar su alegría para no entristecer más a los que no tuvieron esa suerte. En estas últimas semanas, por razones obvias, todos estábamos con caras largas, y eso tampoco es bueno. De modo que no tengo respuesta a ninguna pregunta tuya, sencillamente porque carezco de tus preguntas. Pero yo sí tengo preguntas. No las que vos ya sabés sin necesidad de que te las haga, y que, dicho sea de paso, no me gusta hacerte para no tentarte a que alguna vez (en broma, o lo que sería muchísimo más grave, en serio) me digas: «Ya no.» Simplemente quería preguntarte por el Viejo. Hace mucho que no me escribe. Y en este caso tengo la impresión de que no hay ninguna otra causa para la no recepción de cartas. Sólo que hace mucho que no me escribe. Y no sé por qué. Repaso a veces (sólo mentalmente, claro), lo que recuerdo haberle escrito en algunos de mis breves mensajes, pero no creo que haya habido en ellos nada que lo hiriera. ¿Lo ves a menudo? Otra pregunta: ¿cómo le va a Beatriz en la escuela? En su última cartita me pareció notar cierta ambigüedad en sus datos. ¿Te das cuenta de que te extraño? Pese a mi capacidad de adaptación, que no es poca, ésta es una de las faltas a las que ni mi ánimo ni mi cuerpo se han acostumbrado. Al menos, hasta hoy. ¿Llegaré a habituarme? No lo creo. ¿Vos te habituaste?

Heridos y contusos
(Hechos políticos)

—Graciela —dijo la niña, con un vaso en la mano—. ¿Querés limonada?

Vestía una blusa blanca, pantalones vaqueros, sandalias. Los cabellos negros, largos aunque no demasiado, sujetos en la nuca con una cinta amarilla. La piel muy blanca. Nueve años; diez, quizá.

—Ya te he dicho que no me llames Graciela.

—¿Por qué? ¿No es tu nombre?

—Claro que es mi nombre. Pero prefiero que me digas mamá.

—Está bien, pero no entiendo. Vos no me decís hija, sino Beatriz.

—Es otra cosa.

—Bueno, ¿querés limonada?

—Sí, gracias.

Graciela aparenta treinta y dos o treinta y cinco años, y tal vez los tenga. Lleva una pollera gris y una camisa roja. Pelo castaño, ojos grandes y expresivos. Labios cálidos, casi sin pintura. Mientras hablaba con su hija, se había quitado los anteojos, pero ahora se los coloca de nuevo para seguir leyendo.

Beatriz deja el vaso con limonada en una mesita que tiene dos ceniceros, y sale de la habitación. Pero al cabo de cinco minutos vuelve a entrar.

—Ayer en la clase me peleé con Lucila.

—Ah.

—¿No te interesa?

—Siempre te peleas con Lucila. Debe ser una forma que ustedes dos tienen de quererse. Porque son amigas, ¿no?

—Somos.

—¿Y entonces?

—Otras veces nos peleamos casi como un juego, pero ayer fue en serio.

—Ah sí.

—Habló de papá.

Graciela se quita otra vez los anteojos. Ahora muestra interés. Bebe de una sola vez la limonada.

—Dijo que si papá está preso debe ser un delincuente.

—¿Y vos qué respondiste?

—Yo le dije que no. Que era un preso político. Pero después pensé que no sabía bien qué era eso. Siempre lo oigo, pero no sé bien qué es.

—¿Y por eso te peleaste?

—Por eso, y además porque me dijo que en su casa el padre dice que los exiliados políticos vienen a quitarle trabajo a la gente del país

—¿Y vos qué respondiste?

—Ahí no supe qué decirle, y entonces le di un golpe.

—Así el papá podrá decir ahora que los hijos de los exiliados castigan a su nena.

—En realidad no fue un golpe, sino un golpecito. Pero ella reaccionó como si la hubiera lastimado.

Graciela se agacha para arreglarse una media, y quizá también para tomarse una tregua o reflexionar.

—Está mal que la hayas golpeado.

—Me imagino que sí. Pero ¿qué iba a hacer?

—También es cierto que su padre no debería decir esas cosas. Él sobre todo tendría que comprendernos mejor.

—¿Por qué *él* sobre todo?

—Porque es un hombre con cultura política.

—¿Vos sos una mujer con cultura política?

Graciela ríe, se afloja un poco, y le acaricia el pelo.

—Un poco sí. Pero me falta mucho.

—¿Te falta para qué?

—Para ser como tu padre, por ejemplo.

—¿Él está preso por culpa de su cultura política?

—No exactamente por eso. Más bien por hechos políticos.

—¿Querés decir que mató a alguien?

—No, Beatriz, no mató a nadie. Hay otros hechos políticos.

Beatriz se contiene. Parece a punto de llorar, y sin embargo está sonriendo.

—Anda, traeme más limonada.

—Sí, Graciela.

Don Rafael
(Derrota y derrotero)

Lo esencial es adaptarse. Ya sé que a esta edad es difícil. Casi imposible. Y sin embargo. Después de todo, mi exilio es mío. No todos tienen un exilio propio. A mí quisieron encajarme uno ajeno. Vano intento. Lo convertí en mío. ¿Cómo fue? Eso no importa. No es un secreto ni una revelación. Yo diría que hay que empezar a apoderarse de las calles. De las esquinas. Del cielo. De los cafés. Del sol, y lo que es más importante, de la sombra. Cuando uno llega a percibir que una calle no le es extranjera, sólo entonces la calle deja de mirarlo a uno como a un extraño. Y así con todo. Al principio yo andaba con un bastón, como quizá corresponda a mis sesenta y siete años. Pero no era cosa de la edad. Era una consecuencia del desaliento. *Allá*, siempre había hecho el mismo camino para volver a casa. Y *aquí* echaba eso de menos. La gente no comprende ese tipo de nostalgia. Creen que la nostalgia sólo tiene que ver con cielos y árboles y mujeres. A lo sumo, con militancia política. La patria, en fin. Pero yo siempre tuve nostalgias más grises, más opacas.

Por ejemplo, ésa. El camino de vuelta a casa. Una tranquilidad, un sosiego, saber qué viene después de cada esquina, de cada farol, de cada quiosco. *Aquí*, en cambio, empecé a caminar y a sorprenderme. Y la sorpresa me fatigaba. Y por añadidura no llegaba a casa, sino a *la habitación*. Cansado de sorprenderme, eso sí. Tal vez por eso recurrí al bastón. Para aminorar tantas sorpresas. O quizá para que los compatriotas que iba encontrando, me dijeran: «Pero, don Rafael, usted *allá* no usaba bastón», y yo pudiera contestarles: «Bueno, tampoco vos usabas guayabera.» Sorpresa por sorpresa. Uno de esos asombros fue una tienda con máscaras, de colores un poco abusivos, hipnotizantes. No podía habituarme a las máscaras, aunque siempre fueran las mismas. Pero junto con la recurrencia de las máscaras, se repetía también mi deseo, o quizá mi expectativa, de que las máscaras cambiaran, y diariamente me asombraba encontrar las mismas. Y entonces el bastón me ayudaba. ¿Por qué? ¿Para qué? Bueno, para apoyarme cuando me asaltaba esa modesta decepción de todas las tardes, quiero decir cuando comprobaba que las máscaras no habían cambiado. Y debo reconocer que mi expectativa no era tan absurda. Porque la máscara no es un rostro. Es un artificio, ¿no? Un rostro cambia sólo por accidente. Quiero decir en su estructura; no en su expresión, que ésta sí es variable. En cambio, una máscara puede cambiar por miles de motivos. Digamos: por ensayo, por experimentación, por ajuste, por mejoría, por deterioro, por sustitución. Sólo a los tres meses comprendí que no podía esperar nada de las máscaras. No iban a cambiar esas empecinadas, esas tozudas. Y empecé a fijarme en los rostros. Al fin de cuentas, fue un buen cambio. Los rostros no se repetían. Venían hacia mí, y dejé el bastón. Ya no tenía que apoyarme para soportar el estupor. Quizá cada rostro no cambiara con los días, sino con los años, pero los que venían a mí (con excepción de una mendiga huesuda y tímida) eran siempre nuevos. Y con ellos venían todas las clases sociales, en autos impresionantes, en autitos modestos, en autobuses, en sillas de ruedas, o simplemente caminando. Ya no eché de menos el camino, montevideano y consabido, de vuelta a casa. En la nueva ciudad había nuevos derroteros. Derrotero viene de derrota, ya lo sé. Nuestra derrota no será total, pero es derrota. Ya lo había comprendido, pero lo confirmé plenamente cuando di la primera clase. El alumno se puso de pie y pidió permiso para preguntar. Y preguntó: «Maestro, ¿por qué razón su país, una asentada democracia liberal, pasó tan rápidamente a ser una dictadura militar?» Le pedí que no me llamara maestro. No es nuestra costumbre. Pero se lo pedí solamente para organizar la respuesta. Le dije lo consabido: que el proceso empezó mucho antes, no en la calma, sino en el subsuelo de la calma. Y fui anotando en el pizarrón los varios rubros, los períodos, las caracterizaciones, los corolarios. El muchacho asintió. Y yo leí en sus ojos comprensivos toda la dimensión de mi derrota, de mi derrotero. Y desde entonces regreso cada tarde por una ruta distinta. Por otra parte, ahora ya no vuelvo a *una habitación*. Tampoco es una casa. Es simplemente un apartamento, o sea, un simulacro de casa: una habitación con agregados. Pero la nueva ciudad me gusta, ¿por qué no? Su gente —menos mal— tiene defectos. Y es muy entretenido especializarme en ellos. Las virtudes —por supuesto también las poseen— generalmente aburren. Los defectos, no. La cursilería, por ejemplo, es una zona prodigiosa, en la que nunca acabo de especializarme. Mi bastón, sin ir más lejos, era un amago de cursilería, y sin embargo tuve que abandonarlo. Cuando me siento cursi, me desprecio un poquito, y eso es malísimo. Porque nunca es bueno despreciarse, a menos que existan fundadas razones, que no es mi caso.

Exilios
(Caballo verde)

Seis meses antes había resbalado en un encerado piso de hotel, en otra ciudad, golpeándose violentamente la cabeza contra el suelo. Como consecuencia de esa caída se le había desprendido la retina y ahora lo habían operado. Por indicación médica debía permanecer quince días acostado, con los dos ojos vendados, o sea que durante ese lapso dependía totalmente de su mujer. Cada setenta y dos horas venía el cirujano, destapaba el ojo operado, comprobaba que todo iba bien, y volvía a taparlo. Era aconsejable que, al menos durante la primera semana, no recibiera visitas, a fin de garantizar la quietud total. Pero sí podía escuchar la radio y el grabador a casette. *Y por supuesto atender el teléfono.*

Las noticias de radio no sólo no eran aburridas, como en las buenas épocas, sino que a veces eran incluso escalofriantes, ya que en enero de 1975 solían aparecer diez o doce cadáveres diarios en los basureros porteños. Entre noticiero y noticiero, se entretenía escuchando casettes de Chico Buarque, de Viglietti, de Nacha Guevara, de Silvio Rodríguez, y también La trucha *de Schubert y algún cuarteto de Beethoven.*

Otra diversión era proponerse imágenes, y ésa había pasado a convertirse en la más fascinante de sus actividades pasivas, ya que sin duda incluía un elemento creador, al fin de cuentas más original que el simple y textual registro por la vista de las imágenes que la realidad iba proporcionando. Ahora no. Ahora era él quien inventaba y reclutaba esa realidad, y ésta aparecía con todos sus rasgos y colores en el muro interior de sus ojos cerrados.

El juego era estimulante. Pensar por ejemplo: ahora voy a crear un caballo verde bajo la lluvia, y que apareciera en el envés de sus párpados inmóviles. No se atrevía a ordenar que el caballo trotara o galopara, porque la instrucción del médico era que las pupilas no se movieran, y no tenía bien claro en su reciente descubrimiento si la pupila clausurada iba a sentir o no la tentación de seguir el galope del caballo verde. Pero en cambio se tomaba todas las libertades para concebir cuadros inmóviles. Digamos: tres niños (dos rubios y un negrito, como en la publicidad de los grandes monopolios norteamericanos), el primero con un monopatín, el segundo con un gato y el tercero con un balero. O también, por qué no, una muchacha desnuda, cuyas medidas elige cuidadosamente antes de concretar su imagen. O una amplia panorámica de una playa montevideana, con una zona de sombrillas de colores muy vivos, y otra en cambio casi desierta, con un viejo, barbudo y en shorts, acompañado de un perro que contempla al amo en estado de rígida lealtad.

Entonces sonó el teléfono y resultó muy fácil estirar la mano. Era una buena amiga, que por supuesto sabía de la operación pero que no preguntó cómo seguía ni si todo iba bien. También sabía que el apartamento de Las Heras y Pueyrredón no daba a la calle; apenas si por una ventanita del cuarto de baño se veían tres o cuatro metros de la plaza. Sin embargo, dijo: «Te llamo nada más que para que te asomes al balcón y veas qué lindo desfile militar hay frente a tu casa.» Y colgó.

Entonces él le dijo a su mujer que mirara por la ventanita del baño. Lo previsible: una operación rastrillo,

«Hay que quemar algunas cosas», dijo él, y se imaginó la mirada preocupada de su mujer. Y a pesar de la urgencia trató de tranquilizarla a medias: «No hay nada clandestino, pero si entran aquí y encuentran cosas que se adquieren en cualquier quiosco, como los relatos del Che o la Segunda Declaración de La Habana (no digo Fanón o Gramsci o Lukacs, porque no saben quiénes son), o algunos números de la revista Militancia *o del diario* Noticias, *eso basta para que tengamos problemas.»*

Ella fue quemando libros y periódicos, mientras echaba esporádicas miradas al pedacito de plaza. Hubo que abrir otras ventanas (las que daban al jardín del fondo que separaba los dos bloques) para que se despejaran el humo y el olor a quemado. Así durante veinte minutos. Él trataba de orientarla: «Mira, en el segundo estante, el cuarto y quinto libro a la izquierda, ahí está Estética y marxismo, *en dos tomos. ¿Lo ves? Bueno, en el estante de abajo, están* Relatos de la guerra revolucionaria y El Estado y la Revolución.»*

Ella le preguntó si también había que quemar El cine socialista y Marx y Picasso. *Él dijo que quemara primero los otros. Estos eran más defendibles. «No eches las cenizas por el dudo de la basura. Trata de usar el water.» El humo lo hizo toser un poco. «¿No te hará mal a los ojos?» «Puede ser. Pero hay que elegir el mal menor. Además, creo que no. Los tengo bien tapados.»*

Volvió a sonar el teléfono. La amiga otra vez: «¿Qué tal? ¿Te gustó el desfile? Lástima que terminó tan pronto, ¿no?» «Sí», dijo él, respirando hondo, «fue magnífico. Qué disciplina, qué color, qué elegancia. Desde que era un botija, me fascinan los desfiles de soldaditos. Gracias por avisarme».

«Bueno, no quemes más. Al menos por hoy. Ya se fueron.» Ella también respiró, recogió con la pala las últimas cenizas, las echó en el water, tiró la cadena, vigiló si eran arrastradas por el agua, se lavó las manos, y vino a sentarse, ya aflojada, cerca de la cama. El alcanzó a tomarle una mano. «Mañana quemamos el resto», dijo ella, «pero con calma». «Me da lástima. Son textos que a veces necesito.»

Entonces trató de pensar en el caballo verde bajo la lluvia. Vero no supo bien por qué, ahora el caballo era negro retinto y lo montaba un robusto jinete que llevaba quepis pero no tenía rostro. Al menos él no conseguía distinguirlo en el muro interior de sus párpados.

Beatriz
(Las estaciones)

Las estaciones son por lo menos invierno, primavera y verano. El invierno es famoso por las bufandas y la nieve. Cuando los viejecitos y las viejecitas tiemblan en invierno se dice que tiritan. Yo no tirito porque soy niña y no viejecita y además porque me siento cerca de la estufa. En el invierno de los libros y las películas hay trineos, pero aquí no. Aquí tampoco hay nieve. Qué aburrido es el invierno aquí. Sin embargo, hay un viento grandioso que se siente sobre todo en las orejas. Mi abuelo Rafael dice a veces que se va a retirar a sus cuarteles de invierno. Yo no sé por qué no se retira a cuarteles de verano. Tengo la impresión de que en los otros va a tiritar porque es bastante anciano. Jamás hay que decir viejo sino anciano. Un niño de mi clase dice que su abuela es una vieja de mierda. Yo le enseñé que en todo caso debe decir anciana de mierda.

Otra estación importante es la primavera. A mi mamá no le gusta la primavera porque fue en esa estación que aprehendieron a mi papá. Aprendieron sin hache es como ir a la escuela. Pero con hache es como ir a la policía. A mi papá lo aprehendieron con hache y como era primavera estaba con un pulover verde. En la primavera también pasan cosas lindas como cuando mi amigo Arnoldo me presta el monopatín. El también me lo prestaría en invierno pero Graciela no me deja porque dice que soy propensa y me voy a resfriar. En mi clase no hay ningún otro propenso. Graciela es mi mami. Otra cosa buenísima que tiene la primavera son las flores.

El verano es la campeona de las estaciones porque hay sol y sin embargo no hay clases. En el verano las únicas que tiritan son las estrellas. En el verano todos los seres humanos sudan. El sudor es una cosa más bien húmeda. Cuando una suda en invierno es que tiene por ejemplo bronquitis. En el verano a mí me suda la frente. En el verano los prófugos van a la playa porque en traje de baño nadie los reconoce. En la playa yo no tengo miedo de los prófugos pero sí de los perros y de las olas. Mi amiga Teresita no tenía miedo de las olas, era muy valiente y una vez casi se ahogó. Un señor no tuvo más remedio que salvarla y ahora ella también tiene miedo de las olas pero todavía no tiene miedo de los perros.

Graciela, es decir mi mami, porfía y porfía que hay una cuarta estación llamada elotoño. Yo le digo que puede ser pero nunca la he visto. Graciela dice que en elotoño hay gran abundancia de hojas secas. Siempre es bueno que haya gran abundancia de algo aunque sea en elotoño. El elotoño es la más misteriosa de las estaciones porque no hace ni frío ni calor y entonces uno no sabe qué ropa ponerse. Debe ser por eso que yo nunca sé cuándo estoy en elotoño. Si no hace frío pienso que es verano y si no hace calor pienso que es invierno. Y resulta que era elotoño. Yo tengo ropa para invierno, verano

y primavera, pero me parece que no me va a servir para
elotoño. Donde está mi papá llegó justo ahora elotoño
y él me escribió que está muy contento porque las hojas
secas pasan entre los barrotes y él se imagina que son
cartitas mías.

Intramuros
(¿Cómo andan tus fantasmas?)

Hoy estuve mirando detenidamente las manchas de la pared. Es una costumbre que viene de mi infancia. Primero imaginaba rostros, animales, objetos, a partir de esas manchas; luego, fabricaba miedos y hasta pánicos en relación con ellas. De modo que ahora es bueno convertirlas en cosas o caras y no sentir temor. Pero también me provoca un poco de nostalgia aquella edad lejana en que el máximo miedo era provocado por manchas fantasmales que uno mismo creaba. Los motivos adultos, o quizá las excusas adultas de los miedos que vienen después, no son fantasmales, sino insoportablemente reales. Sin embargo, a veces les agregamos fantasmas de nuestra cosecha ¿no te parece? A propósito, ¿cómo andan tus fantasmas? Dales proteínas, no sea que se debiliten. No es buena una vida sin fantasmas, una vida cuyas presencias sean todas de carne y hueso. Pero vuelvo a las manchas. Mi compañero leía, muy enfrascado en su Pedro Páramo, pero igual lo interrumpí para preguntarle si alguna vez se había fijado en una mancha, probablemente de humedad, que estaba cerca de la puerta. «No especialmente, pero ahora que me lo decís, veo que es cierto, hay una mancha. ¿Por qué?» Puso cara de asombro, pero también de curiosidad. Tenés que comprender que cuando se está aquí, *todo* puede llegar a ser interesante. Ni te digo lo que significa que de pronto distingamos un pájaro entre los barrotes, o (como me sucedió en una celda anterior) que un ratoncito se convierta en un interlocutor válido para la hora del ángelus, o la hora del demonius como glosaba Sonia ¿te acordás? Bueno, a mi compañero le dije que le preguntaba porque me interesaba saber si él reconocía alguna figura (humana, animal o simplemente inanimada) en esa mancha. El la miró un rato fijamente, y luego dijo: «El perfil de De Gaulle.» Qué bárbaro. A mí en cambio me traía el recuerdo de un paraguas. Se lo dije y se estuvo riendo como diez minutos. Ésta es otra cosa buena cuando se está aquí: reírse. No sé, si uno se ríe verdaderamente con ganas, parece como si de pronto se te reacomodaran las vísceras, como si de pronto hubiera razones para el optimismo, como si todo esto tuviera un sentido. Uno tendría que automedicarse la risa como un tratamiento de profilaxis sicológica, pero el problema, como te imaginarás, es que no abundan los motivos de risa. Por ejemplo: cuando me hago cargo del tiempo que hace que no los veo: a vos, a Beatriz, al Viejo. Y sobre todo cuando pienso en el tiempo que acaso transcurra antes de que los vuelva a ver. Cuando mido ese valor del tiempo, no es como para reír. Creo que tampoco para llorar. Yo, al menos, no lloro. Pero no me enorgullezco de ese estreñimiento emocional. Sé de mucha gente que aquí de pronto suelta el trapo y llora inconsolablemente durante media hora, y luego emerge de ese pozo en mejores condiciones y con mejor ánimo. Como si el desahogo les sirviera de ajuste.

De manera que a veces lamento no haber adquirido ese hábito. Pero quizá tenga miedo de que si me aflojo, mi resultado personal no sea el ajuste sino el desajuste. Y ya tengo, desde siempre, suficientes tornillitos a medio aflojar como para arriesgarme a un descalabro mayor. Además, para serte estrictamente franco, no es que no llore por miedo a aflojarme, sino sencillamente porque no tengo ganas de llorar, o sea, que no me viene el llanto. Esto no quiere decir que no padezca angustias, ansiedades, y otros pasatiempos. Sería anormal si, en estas condiciones, no los padeciera. Pero cada uno tiene su estilo. El mío es tratar de sobreponerme a esas minicrisis por la vía del razonamiento. La mayoría de las veces lo logro, pero en cambio otras veces no hay razonamiento que valga. Destrozando un poco al clásico (¿quién era?) te diría que a veces hay corazonadas de la razón que el corazón no entiende. Contame de vos, de lo que hacés, de lo que pensás, de lo que sentís. Cómo me gustaría haber caminado alguna vez por las calles que ahora recorres, para que tuviéramos algo en común allí también. Es el inconveniente de haber viajado poco. Vos misma, de no haberse dado esta inesperada suma de circunstancias, es posible que nunca hubieras viajado a esa ciudad, a ese país. Quizá, si todo hubiera seguido el curso normal (¿normal?) de nuestras vidas, de nuestro matrimonio, de nuestros proyectos de hace sólo siete años, habríamos algún día reunido lo suficiente como para hacer un viaje mayor (no digo los viajecitos menores a Buenos Aires, Asunción o Santiago, ¿remember?), pero seguramente el destino habría sido Europa. París, Madrid, Roma, quizá Londres. Qué lejano parece todo. Este terremoto nos trajo a tierra, a esta tierra. Y ahora, ya ves, si tenés que salir lo haces a otro país de América. Y es lógico. E incluso los que hoy, por distintas razones, están en Estocolmo o París o Brescia o Amsterdam o Barcelona, querrían seguramente estar en alguna ciudad de las nuestras. Después de todo, yo también quedé fuera del país. Yo también añoro lo que vos añorás. El exilio (interior, exterior) será una palabra clave de este decenio. Sabés, es probable que alguien tache esta frase. Pero quien lo haga debería pensar que acaso él también sea, de alguna extraña manera, un exiliado del país real. Si la frase sobrevivió, te habrás dado cuenta de cuán comprensivo estoy. Yo mismo me asombro. Es la vida, muchacha, es la vida. Si no sobrevivió, no te preocupes. No era importante. Date besos y besos, de mi parte.

El otro
(Testigo solito)

Puta qué ojeras, dijo y se dijo Rolando Asuero ante el espejo y su herrumbe. Me las merezco por tanto trago, agregó, tratando de que los ojos se le pusieran enormes pero sólo consiguiendo una expresión que definitivamente le pareció de orate. Oratungán, pronunció lentamente y tuvo que sonreírse a pesar de la goma. Así llamaba *in illo tempore* Silvio a los milicos, cuando se reunían en el ranchito del Balneario Solís, un poco antes de que el futuro se pusiera decididamente malsano. Ni siquiera son gorilas, diagnosticaba. Apenitas orangutanes, y además orates. Resumiendo: oratunganes.

Se habían juntado los cuatro: Silvio, Manolo, Santiago y él, en la última vacación de que disfrutaron. También estaban las mujeres, las esposas bah. En realidad tres: María del Carmen, la Tita y Graciela, porque él, Rolando Asuero, siempre fue un soltero profesional y nunca quiso entreverar sus programitas ocasionales con los demasiado estables amores de sus amigos. Pero las mujeres siempre tenían chismes y modas y horóscopos y recetas de cocina, al menos en aquella época, y tal vez por eso ellos casi siempre hacían rancho aparte para arreglar el mundo. Y casi lo arreglaban. Silvio, por ejemplo, era

buenísimo, pero ingenuote. Nunca sería capaz de empu-
ñar un bufoso, aseguraba, y sin embargo después lo em-
puñó, y también lo empuñaron contra él y por eso está
ahora en el Buceo, para más datos en el panteón propiedad de sus suegros, que siguen teniendo guita aunque estén tristes. Y la gordita María del Carmen, en Barcelona,
con dos botijas, vendiendo cacharritos en las Ramblas o
donde ahora los hayan arrinconado. Manolo era cáustico,
incisivo y mordaz, tres palabras contiguas que en él no
eran precisamente sinónimos. Más bien trincheras de su
timidez. La prueba era que con ellos nunca se excedía,
siempre acababa siendo suave y comprensivo. *Funyi, len-
gue y alpargatas / y una mirada sin fin.* Con excepción del
funyi, aquel tango podía ser su estampa. Santiago era el
traga, por supuesto, pero sobre todo era buena gente. Sabía de botánica y marxismo y filatelia y poesía de vanguardia y además era un fichero vivo de historia del fútbol. Y no sólo el gol de Piendibeni al divino Zamora, o el
¡tuya Héctor! de la gesta olímpica. Eso ya era parte del
folklore. Santiago tenía además en la repleta memoria todo el *récord*, partido a partido, de la pareja Nazassi/ Domingos (era bolsilludo hasta los caracuses) o el último ta-
ponazo de Perucho Petrone, ya en la época en que de cada
diez tiros al arco, ocho iban directo al azul firmamento
pero los otros dos servían milagrosamente para aumentar
el *score*; y también, a fin de que vieran que no era sectario,
contaba cómo el flaco Schiaffino era un genio aun sin la
globa, que eso es lo más difícil en el rubro concertación, y
el respeto que siempre le había inspirado cierto aconca-
gua llamado Obdulio, que se hacía obedecer, y esto no
era verdurita, hasta por el mono Gambetta.

Y ahora puta qué ojeras, dice y se dice Rolando Asuero ante el espejo de tres herrumbres, *me hice a las penas, bebí mis años*. La verdad es que se hizo a las penas, pero bebió otra cosa. He aquí el arcano, piensa en difícil. ¿Por qué de vez en cuando, digamos una vez al mes, se agarra una tranca de órdago, y en cambio, entre papalina y papalina, se mantiene sobrio y casi abstemio? Casi, porque de vez en cuando un clarete (o *rosé*, como suelen decir quienes padecen una penetración cultural cartesiana) bueno, un clarete es casi un cóctel de aleluya con testosterona. Será que la saudade depende de las lunas, algo así como la regla de las minas. Bueno, no sólo de las minas, también de las once mil vírgenes y de madre hay una sola, qué desproporción ¿no? Después de todo, más vale ser borracho conocido que alcohólico anónimo. ¿Quién habrá parido esa sapiencia? La verdad es que los alcohólicos anónimos siempre le dieron en las pelotas. Uno se encurda o no se encurda, de acuerdo a su propia exigencia o mufa o necesidad o morriña o despiporre y no de acuerdo a la rigidez de los inmaculados o a la coacción del puritanaje. Linda banana el puritanaje, piensa Rolando Asuero haciéndose una morisqueta. Y se detiene con fruición en el botón de muestra al norte del río Bravo. Linda banana. Campaña moralista contra el martini o el *bourbon* de cada crepúsculo, pero en pro del napalm de cada aurora.

Ah si pudiera echarle al imperialismo la culpa de estas orejas. Pero no. *Testigo solito la luz del candil*. No necesita terapia colectiva ni individual. Jodido el exilio ¿no? Incluso el pobre analista las pasó mal. Allá se negó a proporcionar las fichas de sus pacientes subversivos y menos aún las de los subversivos impacientes. Y claro, las pasó mal. La cana tiene su propia terapia, no admite competidores. *Testigo solito.* Silvio muerto, Manolo en Gotemburgo, Santiago en el Penal. Y María del Carmen, viuda de represión, vendiendo cacharritos. Y la Tita, separada de Manolo, juntada ahora con un gurí muy serio (voy a «acompañerarme» con el Sardina Estévez, le había escrito hacía un año), nada menos que en Lisboa. Y Graciela aquí, desajustada y linda, con la Beatricita de Santiago y laburando de secretaria. ¿Y él? Puta qué ojeras.

La gente de este bendito y maldito país es realmente piola. A él, a qué negarlo, le gustan estos sonrientes, sobre todo ellas. Pero hay días y noches en que no le gustan tanto. Son los días y noches en que echa de menos el sobrentendido. Días y noches en que tiene que explicarlo todo y escucharlo todo. Una de las módicas ventajas de hacer el amor con una compatriota es que si en un instante determinado (esa hora cero que siempre suena después de las urgencias, el entusiasmo y el vaivén) uno no está para muchas locuacidades, puede pronunciar o escuchar un lacónico monosílabo y esa palabrita se llena de sobrentendidos, de significados implícitos, de imágenes en común, de pretéritos compartidos, vaya uno a saber. No hay nada que explicar ni que le expliquen. No es necesario llorar la milonga. Las manos pueden andar solas, sin palabras, las manos pueden ser elocuentísimas. Los monosílabos también, pero sólo cuando remolcan su convoy de sobrentendidos. Hay que ver todos los idiomas que caben en un solo idioma, dice y se dice Rolando Asuero, enfrentado a su propia imagen, y agrega, repetitivo y sombrío: puta qué ojeras.

Exilios
(Invitación cordial)

Más o menos a las 6 p.m. del viernes 22 de agosto de 1975, estaba leyendo, sin ninguna preocupación a la vista, en el apartamento que alquilaba en la calle Shell, de Miraflores, Lima, cuando abajo alguien tocó el timbre y preguntó por el señor Mario Orlando Benedetti. Eso ya me olió mal, pues el segundo nombre sólo figura en mi documentación y nadie entre mis amigos me llama así.

Bajé, y un tipo de civil me mostró su carnet de la PIP, y dijo que quería hacerme algunas preguntas sobre mis papeles. Subimos y entonces me dijo que les había llegado la denuncia de que mi visa estaba vencida. Traje el pasaporte y le mostré que había sido renovada en tiempo. «De todos modos va a tener que acompañarme, porque el Jefe quiere hablar con usted.» «En media hora estará de vuelta», agregó. Y ante esa imprudente aseveración tuve la casi seguridad de que iba a ser deportado. Ese lenguaje críptico lo usan todas las represiones del mundo.

Durante el corto viaje a la Central de Policía, fue criticando al gobierno, tendiéndome, con torpeza digna de peor causa, ingenuas celadas para que yo mordiera el anzuelo y también criticara a la Revolución peruana. Mis elogios fueron cautos, pero concretos.

Una vez en la Central me hicieron esperar media hora, y luego me recibió un inspector. Me volvió a decir lo del documento con visa vencida, y otra vez mostré el pasaporte. Entonces me dijo que yo estaba cobrando haberes, algo que está prohibido cuando se tiene visa turística. Le dije que mi caso tenía cierta peculiaridad, ya que, con plena autorización de los ministerios de Relaciones Exteriores y de Trabajo, el diario Expreso había firmado contrato por mis labores periodísticas y que dicho contrato estaba actualmente en el Ministerio de Trabajo, y que de ese trámite tenían conocimiento en el Ministerio de Relaciones, al más alto nivel. El señor quedó un poco desconcertado con el alto nivel, pero entonces otro funcionario, seguramente de superior jerarquía, le dijo desde otra mesa y en voz alta: «¡No le plantees más objeciones! Él siempre te las va a destruir con razones valederas. Tienes que ir al grano.» Y dirigiéndose a mí: «¡El gobierno peruano quiere que se vaya!» Mi pregunta lógica:«¿Se puede saber por qué?» «¡No! Tampoco nosotros sabemos la razón. El ministro nos manda la orden y nosotros cumplimos.» «¿Qué tiempo tengo?» «Si fuera posible, diez minutos. Como no va a ser posible, porque no hay medio de que se vaya tan pronto, le diré que se irá en la primera oportunidad en que ello sea posible: una, dos horas.» «¿Puedo elegir adónde voy?» «¿Adónde quisiera ir? Tenga en cuenta que nosotros no le vamos a pagar el pasaje.» «Como en Argentina he sido amenazado de muerte por las AAA, y como en Cuba trabajé en otra época durante dos años y medio y tengo allí posibilidad de trabajo, quiero saber si se me permite ir a Cuba.» «No. Hoy no hay avión a Cuba, y usted tiene que irse lo antes posible.» «Bueno, entonces dígame cuáles son mis opciones reales.» «Son éstas: o lo dejamos por vía terrestre en la frontera ecuatoriana, o utiliza su pasaje aéreo de vuelta a Buenos Aires.»

Pensé rápidamente, y no me sedujo la idea de que un camión militar me dejara, en la madrugada, en la frontera de un país que entonces no conocía, de modo que dije: «Buenos Aires. En Ecuador no he estado nunca.» Tuve que firmar una declaración en la que me preguntaban cómo cobraba mis gajes en Expreso. Dije que en la Caja, y allí volví a dejar constancia del contrato, del trámite en el Ministerio de Trabajo, etc.

Volvimos al apartamento. Al principio me dieron un cuarto de hora, después una hora, y a medida que hacían llamadas telefónicas y no conseguían sitio en ningún vuelo a Buenos Aires, fui teniendo más tiempo, pero sólo me permitieron llevar una valija, así que tuve que dejar muchas cosas.

El inspector me dijo entonces (a esa altura ya me trataban con mejores modos) que mi caso no era de expulsión ni de deportación y que por lo tanto no se me pondría en el pasaporte el sello deportado. Para la deportación —me explicó— se necesitaba un decreto supremo, que no había tenido lugar en este caso. Por eso era tan sólo «una cordial invitación a que me fuera de inmediato». Le pregunté qué podía pasar si no aceptaba la invitación. «Ah, entonces igual se tendría que ir.» Le dije que en mi país decimos, ante un caso así: «Me cago en la diferencia.»

Pedí que me dejaran telefonear a alguien de Lima. No me lo permitieron. Estaba incomunicado. En cambio, consintieron que hiciera llamadas de larga distancia. Por lo tanto, telefoneé a mi hermano en Montevideo, para que le avisara a mi mujer que fuera a encontrarse conmigo en Buenos Aires. También traté de llamar a dos o tres personas en Buenos Aires, pero no conseguí comunicación. Mi preocupación era lograr que me esperara alguien en Ezeiza. Les pedí que por lo menos me dejaran hablar con la dueña del apartamento. Me dijeron que podía llamarla siempre que le informara que, de súbito, había decidido irme del Perú y que en consecuencia le dejaba el apartamento. Les dije que una llamada así yo no la hacía, ya que esa persona había tenido conmigo un trato muy correcto. Les sugerí que la llamaran ellos. Dijeron que no.

Al cabo de unos minutos el inspector me preguntó qué condición ponía yo para hablarle a la dueña. Dije que le hablaría si podía decirle que me estaban echando. Aceptó por fin. Así que telefoneé a la señora a las tres de la madrugada. La pobre casi se desmaya. «¡Hay, señor, que le hagan eso a un caballero como usted!» Le expliqué que le dejaría un inventario de las cosas que quedaban en el apartamento y eran mías, y que más tarde le haría llegar alguna indicación sobre el destino de las mismas.

Los tipos a esa altura ya estaban tan suaves que me pidieron un poster que yo tenía en la pared con una de mis canciones, y otro me pidió que le regalara uno de mis libros. «¿No cree que lo pueda comprometer?», le pregunté. «Esperemos que no», dijo sin demasiada seguridad.

Como a esa altura de la noche hacía bastante frío, dos de los hombres (eran cuatro en total) le pidieron permiso al jefe para ir a buscar sendas chompas. Él accedió. Seguí arreglando mi maleta bajo la mirada vigilante de mis custodias. De pronto noté que ambos se habían dormido. Roncaban tan apaciblemente que me quité los zapatos para que mis pasos sobre la moquette no turbaran su sueño. Tuve una hora y media para arreglar mucho mejor la maleta, y el ducto del incinerador de basura tuvo bastante trabajo.

Al cabo de esa hora y media, me puse nuevamente los zapatos y sacudí discretamente al inspector: «Perdone que lo despierte, pero si soy tan subversivo como para que me echen del país, por favor no se duerman y vigílenme.» El inspector me explicó que lo que pasaba era que estaban trabajando desde temprano y estaban muy cansados. Dije que comprendía, pero que yo no tenía la culpa.

A las cuatro y media salimos los cinco (los otros dos habían regresado con sus chompas) en un auto grande y negro. Pasamos por lo de la dueña. Le dieron las llaves y el inventario. Ese viaje fue mi único motivo real de preocupación, ya que me llevaron por una ruta que no era la habitual. Totalmente oscura, entre baldíos, sólo iluminada por los focos del auto. Demoramos mucho más que en un viaje corriente. Cuando distinguí a lo lejos la torre del aeropuerto, confieso que respiré un poco mejor. Ya en el aeropuerto, sólo pude salir en el vuelo de las 9 a.m. del sábado. Afortunadamente era de Aeroperú. Fracasaron en conseguirme sitio en uno de las ocho, que era de LAN.

En ningún momento me dieron nada de beber o comer. Estuve veinticuatro horas sin probar bocado. Creo que ello se debió sencillamente a que no tenían plata, ya que tampoco ellos comieron nada. Cuando el inspector me entregó los documentos junto a la escalerilla del avión, dijo: «Usted se va seguramente resentido con el gobierno, pero no tenga resentimiento con los peruanos.» Y me estrechó la mano.

Heridos y contusos
(Uno o dos paisajes)

Graciela entró en el dormitorio, se quitó el abrigo liviano, se miró en el espejo del tocador, y frunció el ceño. Luego se quitó la blusa y la pollera, y se tiró en la cama. Dobló una pierna y luego la estiró todo lo que pudo. Entonces advirtió un punto corrido en la media. Se sentó, se quitó las medias y las fue revisando a ver si había otra corrida. Después hizo un montoncito con el par y lo puso sobre una silla. Se miró de nuevo en el espejo y se apretó las sienes con los dedos.

Por la ventana entraba todavía la luz penúltima de una tarde que había sido fresca y ventosa. Apartó uno de los visillos y miró hacia afuera. Frente al edificio B jugaban seis o siete niños. Reconoció a Beatriz, despeinada y agitada, pero en pleno disfrute. Graciela sonrió sin mucha convicción, y se pasó la mano por el pelo.

Sonó el teléfono junto a la cama. Era Rolando. Ella se acostó de nuevo para hablar con más comodidad

—Qué tarde desagradable, ¿no? —dijo él.

—Bueno, no tanto. Me gusta el viento. No sé por qué, pero cuando camino contra el viento, parece que me borra cosas. Quiero decir: cosas que quiero borrar.

—¿Como cuáles?

—¿No lees la prensa vos? ¿No sabés que eso se llama intervención en los asuntos internos de otra nación?

—Está bien, república.

—Por lo menos, república amiga, ¿no?

Ella pasó el tubo a la mano y el oído izquierdos, a fin de poder rascarse detrás de la otra oreja.

—¿Novedades? —preguntó él.

—Carta de Santiago.

—Ah, qué bien.

—Un poco enigmática.

—¿En qué sentido?

—Habla de manchas en las paredes y de figuras que imaginaba a partir de ellas cuando niño.

—A mí también me pasaba.

—A todo el mundo le pasa, ¿o no?

—Realmente, ese tema puede no ser demasiado original, pero en cambio no me parece enigmático. ¿O querías que te mandara una proclama contra los milicos?

—No seas bobo. Simplemente me parece que antes se atrevía a más.

—Sí, claro, y acaso por esa osadía estuviste más de un mes sin recibir noticias.

—Ya averigüé. Fue una medida general, uno de tantos castigos colectivos.

—Para los cuales generalmente se basan en un pretexto tan pueril como ése: que alguien al escribir sobrepase, conscientemente o no, límites no establecidos pero reales.

Ella no respondió. Al cabo de unos segundos él habló otra vez.

—¿Cómo está Beatriz?

—Jugando afuera, con su pandilla.

—Me gusta. Es vital y saludable.

—Sí, bastante más que yo.

—No es tan así. Es cierto que la mayor vitalidad le viene de Santiago, pero también de vos.

—De Santiago sí.

—Y de vos también. Lo que pasa es que últimamente estás deprimida.

—Puede ser. La verdad es que no veo salidas. Y además mi trabajo me aburre soberanamente.

—Ya conseguirás otro que sea más estimulante. Por ahora, confórmate.

—Ahora corresponde que me digas que tuve suerte.

—Tuviste suerte.

—También corresponde que me digas que no todos los exiliados del Cono Sur han conseguido una tarea tan bien remunerada con sólo seis horas de trabajo, y por añadidura con los sábados libres.

—No todos los exiliados del Cono Sur han conseguido una tarea tan bien remunerada, etcétera. ¿Puedo agregar que te lo mereces porque sos una secretaria eficacísima?

—Podés. Pero la eficacia es precisamente una le las razones de mi aburrimiento. Sería más entretenido que de vez en cuando me equivocara.

—No lo creo. Es posible que vos te aburras de la eficacia, pero en general los patrones y los gerentes se aburren mucho más y más pronto de la ineficacia.

De nuevo ella no contestó. Y otra vez fue él quien reinició el diálogo.

—¿Puedo hacerte una proposición?

—Si no es deshonesta.

—Digamos que es semihonesta.

—Entonces sólo la autorizo a medias. Venga.

—¿Querés ir al cine?

—No, Rolando.

—La película es buena.

—No lo dudo. Tengo confianza en tu gusto. Por lo menos en tu gusto cinematográfico.

—Y además te va a mover un poco las telarañas.

—Estoy conforme con mis telarañas.

—Más grave aún. Reitero el convite. ¿Querés ir al cine?

—No, Rolando. Te agradezco de veras. Pero estoy reventada. Si no tuviera que cocinar algo para Beatriz, te juro que me acostaría sin cenar.

—Tampoco es bueno. Cualquier cosa, antes que dejarse vencer por la rutina.

Graciela acomodó el tubo entre la mandíbula y el hombro. Evidentemente, tenía buena experiencia en ese gesto de secretaria profesional. Además, le dejaba las dos manos libres, en esta ocasión, para mirarse las uñas y repasarlas de a ratos con una limita.

—Rolando.

—Sí, te oigo.

—¿Alguna vez viajaste en un ferrocarril con otra persona, sentados frente a frente, cada uno en su ventanilla?

—Creo que sí. Ahora no recuerdo la ocasión precisa. ¿A qué viene eso?

—¿No te fijaste que si las dos personas se ponen a comentar el paisaje que ven, el comentario del que mira hacia adelante no es exactamente el mismo que el del que mira hacia atrás?

—Te confieso que no me fijé nunca en ese detalle. Pero es posible.

—Yo en cambio me fijé siempre. Porque desde niña, cuando viajaba en ferrocarril, me apasionaba mirar el paisaje. Era uno de mis placeres favoritos. Nunca leía en el ferrocarril. Tampoco ahora, si viajo en tren, me gusta leer. Me fascina ese paisaje vertiginoso, que corre a mi lado, pero en dirección contraria. Pero cuando voy sentada hacia adelante, me parece que el paisaje viene hacia mí, me siento optimista, qué sé yo.

—¿Y si vas mirando hacia atrás?

—Me parece que el paisaje se va, se diluye, se muere. Francamente, me deprime.

—¿Y ahora cómo vas sentada?

—No te burles. Esto lo vi claro el otro día, cuando me puse a releer las cartas de Santiago. Él, que está en la cárcel, escribe como si la vida viniera a su encuentro. A mí, en cambio, que estoy, digamos, en libertad, me parece a veces que ese paisaje se fuera alejando, diluyendo, acabando.

—No está mal. Como intención poética, claro.

—Nada de intención poética. Ni siquiera es prosa. Simplemente, es como me siento.

—Bueno, ahora sí te hablo en serio. ¿Sabés que me preocupa ese estado de ánimo? Y si bien estoy convencido de que cada tipo es el único que puede resolver los problemas propios, también es cierto que a veces puede ayudar, sólo ayudar, alguien de mucha confianza. Para esa relativa ayuda me ofrezco, si querés. Pero lo esencial es que profundices en vos misma.

—¿Profundizar en mí misma? Puede ser. Puede ser. Pero no estoy segura de que me guste.

Don Rafael
(Una culpa extraña)

Santiago se ha quejado a Graciela de que hace tiempo que no le escribo. Y es cierto. Pero ¿qué decirle? ¿Que lo que le ocurre es una consecuencia de su actitud? Eso ya lo sabe. ¿Que me siento un poco culpable de no haber hablado suficientemente con él (cuando todavía era tiempo de hablar y no de tragarse las palabras) para convencerlo de que no siguiera ese camino? Eso quizá no lo sepa a ciencia cierta, pero quizá se lo imagine. También ha de imaginarse que, de haber tenido él y yo esas discusiones en profundidad, él habría seguido de cualquier manera la ruta que en definitiva eligió. ¿Que cada vez que me despierto en la noche no puedo evitar la aprensión, la sensación o la mala intuición, qué sé yo, de que acaso a esa misma hora lo estén torturando, o se esté recuperando de una sesión de tortura, o preparando para las próximas, o maldiciendo a alguien? Tal vez no tenga ganas de imaginar una cosa así. Demasiado tendrá con su propio suplicio, su propio aislamiento, su propia angustia. Cuando uno soporta sufrimientos propios no tiene necesidad de adjudicarse dolores ajenos. Pero yo a veces imagino que a Santiago le están aplicando la picana en los testículos y en ese mismo instante siento un dolor real (no imaginario) en *mis* testículos. O si pienso que le están aplicando el *submarino*, literalmente me ahogo yo también. ¿Por qué? Es una historia vieja, o mejor dicho una vieja señal: el sobreviviente de un genocidio experimenta una rara culpa de estar vivo. Y acaso quien, por alguna razón válida (no tengo en cuenta las razones indignas) consigue escapar a la tortura, experimente cierta culpa por no ser torturado. O sea, que no tengo muchos temas. Ciertos tópicos no pueden lógicamente mencionarse en una carta a un preso, que por añadidura está en la cárcel por subversivo. En cuanto a otros asuntos soy yo quien no quiere mencionarlos. El temario que queda, después de esas dos rebajas, es más bien estúpido. ¿Aceptaría Santiago que le escribiera estupideces? Habría un asunto sobre el que, en otras circunstancias, podría escribirle, o mejor hablarle. Pero jamás en éstas. Me refiero al estado de ánimo de Graciela. Graciela no está bien. La noto cada vez más desanimada, más gris. Ella que siempre fue tan linda, tan simpática, tan aguda. Y lo peor es que creo advertir que su desaliento viene de que se está alejando de Santiago. ¿Motivos? ¿Cómo saberlo? Ella lo admira, de eso estoy seguro. No tiene para él reproches políticos, ya que virtualmente está (o estuvo) en lo mismo. ¿Será que la mujer, para mantener incólume su amor, precisa, más que la existencia, la presencia física del hombre? ¿Será que Ulises se está volviendo hogareño y en cambio Penélope ya no se conforma con tejer y destejer? Quién sabe. Lo cierto es que si no me atrevo a tratar el tema con ella, a quien veo casi a diario, menos lo puedo tratar con Santiago, a quien sólo envío alguna carta de vez en cuando. También podría contarle de mis clases, de las preguntas que me hacen los muchachos. O quizá de cierto proyecto de volver a escribir. ¿Otra novela? No. Ya es suficiente con un fracaso. Quizá un libro de cuentos. No para publicar. A mi edad eso no importa demasiado. Tengo la impresión de que significaría un estímulo para mí. Hace quince años que no escribo nada. Al menos, nada literario. Y durante quince años no tuve ganas de hacerlo. Ahora sí. ¿Será esto una señal? ¿Algo que debo interpretar? ¿Será esto un síntoma? Pero ¿de qué?

Intramuros
(El río)

Vengo del río. ¿Pensás que estoy un poco loco? Ni mucho ni poco. Si no enloquecí en otras circunstancias, creo que a esta altura ya estoy vacunado contra la locura. Y sin embargo, vengo del río. Hace unas semanas que descubrí el sistema. Antes, los recuerdos me asaltaban sin orden. De pronto estaba pensando en vos o en Beatriz o en el Viejo, y dos segundos después en un libro que leí en la época de liceo, y casi inmediatamente en alguno de los postres que me hacía la Vieja cuando vivíamos en la calle Hocquart. O sea, que los recuerdos me dominaban. Y una tarde pensé: por lo menos voy a liberarme de este dominio. Y a partir de entonces, soy yo quien dirijo mis recuerdos. Parcialmente, claro. Siempre hay momentos del día (generalmente cuando me invade el desánimo o me siento jodido) en que los recuerdos aún me zarandean. Pero no es lo corriente. Lo normal es que ahora planifique la memoria, o sea, que decida qué voy a recordar. Y así resuelvo recordar, por ejemplo, una lejana jornada de escuela primaria, o una noche de farra con amigos, o alguna de las interminables discusiones en el ámbito de la FEUU, o los vaivenes (hasta donde eso puede efectivamente recordarse) de alguna de mis escasas

49

borracheras, o un diálogo a fondo con el Viejo, o la mañana en que nació Beatriz. Es claro que todo eso lo voy
alternando con los recuerdos que se refieren a vos, pero
aun en éstos he decidido poner orden. Porque si no pongo orden, todas tus imágenes se concentran en tu cuerpo, en vos y yo haciendo el amor. Y eso no siempre me
hace bien. Pasa a ser una constancia dolorosa de tu
ausencia. O de mi ausencia. Primero gozo angustiosa y
mentalmente. Disfruto en el vacío. Luego me deprimo.
Y el bajón me dura horas. De manera que cuando te digo que también en este campo tuve que poner orden,
quiero decir que he decidido incorporar otros recuerdos
que te (y me) atañen y que son tan decisivos y valiosos
como las noches de nuestros cuerpos. Hemos tenido
tantas conversaciones que, para mí al menos, son inolvi-
dables. ¿Te acordás del sábado en que te convencí (después de cinco dialécticas horas) de los nuevos caminos?
¿Y cuando estuvimos en Mendoza? ¿Y en Asunción? No
importa el orden de las fechas. Importa el orden que im-
pongo a mis evocaciones. Por eso empecé diciéndote
que hoy vengo del río. Y es un recuerdo en que vos no
estás. El Río Negro, cerca de Mercedes. Cuando tenía
doce o trece años, iba en el verano a pasar mis vacaciones en casa de los tíos. La propiedad no era demasiado
grande (en realidad, una chacrita), pero llegaba hasta el
río. Y como entre la casa y el río había muchos y fron-
dosos árboles, cuando me quedaba en la orilla nadie me
veía desde la casa. Y aquella soledad me gustaba. Fue de
las pocas veces que escuché, vi, olí, palpé y gusté la naturaleza. Los pájaros se acercaban y no se espantaban de
mi presencia. Tal vez me confundieran con un arbolito

o un matorral. Por lo general el viento era suave y quizá por eso los grandes árboles no discutían, sino simplemente intercambiaban comentarios, cabeceaban con buen humor, me hacían señales de complicidad. A veces me apoyaba en alguno de los más viejos y la corteza rugosa me transmitía una comprensión casi paternal. Repasar la corteza de un árbol experimentado es como acariciar la crin de un caballo que uno monta a diario. Se establece una comunicación muy sobria (no empalagosa, como suele ser la relación con un perro insoportablemente fiel) pero lo bastante intensa como para que después uno la eche de menos cuando vuelve al trajín de la ciudad. En otras ocasiones subía al bote y remaba hasta el centro del río. La equidistancia de las dos orillas era particularmente estimulante. Sobre todo porque eran distintas y polemizaban. No tanto los pájaros, que las compartían, sino más bien los árboles, que se sentían locales y un poco sectarios, cada uno en lo suyo, o sea, en su ribera. Yo no hacía nada. Simplemente observaba. No leía ni jugaba. La vida pasaba sobre mí, de orilla a orilla. Y yo me sentía parte de esa vida y llegaba a la extraña conclusión de que no debía ser aburrido ser pino o sauce o eucaliptos. Pero como aprendí varios años más tarde, las equidistancias nunca duran mucho, y tenía que decidirme por una u otra orilla. Y estaba claro que yo pertenecía sólo a una de ellas. Ya ves como era cierto lo que te dije al comienzo: vengo del río.

Beatriz
(Los rascacielos)

El singular se escribe rascacielos y el plural también se escribe rascacielos. Pasa lo mismo que con escarbadientes. Los rascacielos son edificios con muchísimos cuartos de baño. Eso tiene la enorme ventaja de que miles de gentes pueden hacer pichí al mismo tiempo. Los rascacielos poseen además otras ventajas. Por ejemplo tienen ascensores con mareos. Los ascensores con mareos son muy modernos. Los edificios viejísimos no tienen ascensores o sólo tienen ascensores sin mareos y la gente que vive o trabaja allí se muere de vergüenza porque son muy atrasados.

Graciela o sea mi mami trabaja en un rascacielos. Una vez me llevó a su oficina y fue la única vez que hice pichí en un rascacielos. Es bárbaro. El rascacielos de Graciela tiene un ascensor con mareos totalmente importado y por eso a mí me revuelve muchísimo el estómago. El otro día hice el cuento en la clase y todos los niños se murieron de envidia y querían que los llevara al ascensor con mareos del rascacielos de Graciela. Pero yo les dije que era muy peligroso porque ese ascensor va rapidísimo y si una saca la cabeza por la ventanilla se puede quedar sin cabeza. Y ellos lo creyeron, si serán bobos, mire si los ascensores de rascacielos van a ser tan atrasados como para tener ventanillas.

Cuando hay un apagón en los ascensores de rascacielos cunde el pánico. En mi clase cuando llega la hora del recreo cunde la alegría. El verbo cundir es un hermoso verbo.

Además de ascensores con mareos los rascacielos tienen porteros. Los porteros son gordos y jamás podrían subir por la escalera. Cuando los porteros adelgazan no les permiten seguir trabajando en los rascacielos pero tienen la oportunidad de ser taxistas o jugadores de fútbol.

Los rascacielos se dividen en rascacielos altos y rascacielos bajos. Los rascacielos bajos tienen muchísimos menos cuartos de baño que los rascacielos altos. A los rascacielos bajos también se les llama casas, pero tienen prohibido tener jardín. Los rascacielos altos hacen mucha sombra, pero es una sombra distinta a la de los árboles. A mí me gusta más la sombra de los árboles, porque tiene manchitas de sol y además se mueve. En la sombra de los rascacielos cunden las caras serias y la gente que pide limosna. En la sombra de los árboles cunden los pastitos y los bichitos de San Antonio.

Yo pienso que allá donde está mi papá, a última hora de la tarde debe cundir la tristeza. A mí me gustaría mucho que mi papá pudiera por ejemplo visitar el rascacielos donde trabaja Graciela o sea mi mami.

Exilios
(Venía de Australia)

Lo conocí en el aeropuerto de Ciudad de México, frente a los mostradores de Cubana de Aviación. Yo viajaba a La Habana con tres valijas y debía pagar mi exceso de equipaje. Entonces un señor, que me seguía en la cola, sugirió que, como él viajaba con una sola y pequeña maleta, registráramos juntos nuestros equipajes, que en total llegaban exactamente a los permitidos cuarenta kilos. Acepté, claro, agradeciéndole el favor, y el empleado de Cubana procedió a despachar las cuatro valijas. Pero he aquí que cuando mi espontáneo benefactor mostró su pasaporte, advertí con sorpresa que era un documento uruguayo. No oficial, ni diplomático, sino un pasaporte corriente. Él sonrió: «¿Le extraña, verdad?» Admití que sí. «Ya se lo explicaré mientras tomamos un café.»

Tomamos el café. Él inquirió: «Usted es Benedetti, ¿no?» «Claro, pero ¿de dónde me conoce? No recuerdo su cara.» «Es lógico. Usted estaba en la tribuna y yo entre el público. Lo escuché muchas veces en actos callejeros durante la campaña electoral del 71. ¿Se acuerda del acto final del Frente Amplio, frente al Legislativo y con la Diagonal Agraciada totalmente llena? Esa vez usted no habló, pero estaba en la tribuna. Seregni fue el único orador. Estuvo muy bien el general.» Creo que me daba esos datos para inspirarme confianza, pero a esa *altura yo no los necesitaba. Su rostro era de tipo honesto, sin dobleces. Me dijo su nombre. Su apellido es otro, pero aquí lo llamaré Falco. De todos modos, el verdadero es tan uruguayo como ése. «Para empezar, quiero aclararle que desde hace unos cinco años vivo en Australia. Soy obrero. Plomero, o fontanero, según los países.» «¿Y a qué viene a Cuba?» «Como turista. Integro una excursión. Estuve ahorrando durante dos años para darme el gustazo de venir una semana a Cuba.» «¿Y cómo se siente allá?» «En el aspecto económico, bien. Pero nada más. Por otra parte, vos sabés (¿puedo tutearte, verdad?), la emigración a Australia no fue precisamente política, sino más bien económica, aunque me digas que eso significa que es indirectamente política. Y es cierto, pero por lo general los emigrados económicos no tienen conciencia de esa relación. En este sentido es un exilio bastante ingrato, muy distinto al de otros sitios. A veces hay un respiro, por ejemplo cuando vienen Los Olimareños y la gente va a oírlos porque, a pesar de todo, los temas del terruño siguen conmoviéndola. Y no sólo los temas. También los nombres de árboles, de flores, de cerros, las figuras históricas, las calles, los pueblos, las referencias al cielo, a los atardeceres, a los ríos, a cualquier arroyito de mala muerte. Pero se van los Olima y volvemos todos a nuestra rutina, a nuestro aislamiento. Yo digo que en Australia somos el Archipiélago Oriental, porque en realidad constituimos una suma de islas, de islotes, de tipos o parejas o familias, todos aislados, en soledades más o menos confortables, pero que no dejan de ser soledades. Algunos mandan plata a las porciones de familia que quedaron en Uruguay, y eso da cierto sentido a sus vidas y a su trabajo.» «¿Y no intentan por lo menos integrarse en el medio, hacerse de amigos australianos?» «Mirá, no es fácil. Ante todo está la barrera del idioma. Es claro que con el tiempo*

cualquiera acaba por aprender inglés, pero cuando se llega a ese punto uno ya se ha acostumbrado al aislamiento, y es difícil cambiar la rutina. Además, la sociedad australiana, si bien necesita la mano de obra extranjera, no se abre así nomás a los emigrantes. He entrado en muchos hogares australianos, pero sólo como plomero. Y si la familia está reunida cuando paso con mi caja de herramientas, automáticamente dejan de hablar.»
«¿Y por qué te interesaba tanto venir a Cuba?» «No lo sé exactamente. Es una de esas fascinaciones, parecidas a las que uno tiene en la infancia o en la adolescencia. Vos dirás que un boludo como yo no está en edad de fascinaciones. Pero es como un metejón, ¿sabés? Mirá vos, te dije metejón y ahora me doy cuenta de que debe hacer como cinco años que no pronuncio esa palabra. Allá, no sólo se va perdiendo el vocabulario, sino que insensiblemente vamos incorporando al habla diaria palabras inglesas. Bueno, volviendo a Cuba. La verdad es que nos ilusionamos demasiado en Uruguay, allá por el 69, el 70, y un poco menos en el 71. Creímos que también en nuestro país era posible un cambio radical. Y no fue posible, al menos por un largo ahora. Entonces me entró cierta impaciencia por conocer un país, como Cuba, que sí pudo llevar a cabo su cambio. Decime un poco, ¿vos crees que habría alguna posibilidad de que me quedara en Cuba? Trabajando, claro.» «Esperá a ver cómo te sentís ahí. Pensá que por ejemplo te puede gustar la gente, podés estar de acuerdo con el sistema político, y sin embargo te puede aplastar el clima. Nada de cuatro estaciones, sino un solo verano, con una temporada seca y otra lluviosa. A mí personalmente no me afecta, pero sé de otros rioplatenses que se sienten agobiados con tanto calor y tanta humedad. De todos modos, siete días son poco tiempo para las necesarias gestiones. Tené en cuenta que justo en el medio hay un fin de semana.»

«Sí, claro, pero ¿los cubanos ven con buenos ojos la incorpora-
ción de extranjeros?» «Vos allí no serías extranjero. Sos lati-
noamericano, ¿no? El problema es más complejo. ¿Te imagi-
nás por un momento qué pasaría si Cuba (que ahora ha
abierto sus puertas para que se vaya todo el que no esté conforme) abriera esas mismas puertas para que viniera a radi-
carse todo el que quisiese? ¡Las colas que se formarían en
Montevideo, Buenos Aires, Santiago, La Paz, Puerto Prínci-
pe! Además, sigue habiendo serios problemas de vivienda.»
«Pero ¿vos creés que podría intentarlo?» «Por supuesto, in-
téntalo. Nada se pierde.»

Esa voz, suave y anónima, que en todos los aeropuertos
del mundo convoca para el embarque y que siempre parece la
misma, nos recordó que debíamos arrimarnos a la puerta ocho.
Durante el vuelo seguimos conversando y cuando la azafata
(en Cubana de Aviación se llaman aeromozas) nos dejó el correspondiente refrigerio, Falco comentó: «Qué increíble. Éstas
no son muñecas, como las de otras compañías de aviación. Son
mujeres, ¿viste?»

Lo perdí en el aeropuerto José Martí, después de haber
recogido nuestras cuatro valijas (una suya, tres mías). Él tuvo
que incorporarse al resto de la excursión, y yo me reuní con varios amigos que habían ido a esperarme.

Dos días después tuvo lugar la marcha frente a la Oficina de Intereses norteamericanos. Ya había concluido la inva-
sión de los diez mil en la embajada peruana. Ahora el tema
era otro: el anuncio de maniobras navales en la base de Guan-
tánamo y las diarias amenazas de Carter.

También yo desfilé por el Malecón, con mis compañeros de
la Casa de las Américas. En mis varios años de residencia en Cuba, jamás había asistido a un acto de masas tan impresionante.

Estábamos esperando, a la altura de la Rampa, que el desfile se iniciara, cuando de pronto vi a Falco, apenas a unos diez metros de distancia.

La muchedumbre era compacta, así que era difícil avanzar. De modo que le grité: «¡Falco! ¡Falco!» Desde el comienzo escuchó mi grito, pero indudablemente no podía creer que a las cuarenta y ocho horas de haber llegado a La Habana, alguien lo reconociera y lo llamara. Pero así es el azar. Yo era seguramente la única persona en Cuba que podía reconocerlo, y allí estaba, a pocos pasos.

Por fin me vio y sólo entonces puso cara de asombro y levantó alegremente sus largos brazos. Transcurrieron diez minutos antes de que pudiéramos aproximarnos. Me abrazó. «¡Qué cosa bárbara, che! ¡Un millón de gente y vos que me encontrás!» Estaba eufórico. «Esto es tonificante. ¿No te trae el recuerdo del acto final del Frente?» «Bueno, aquí somos más.» «Por supuesto. Pero yo me refiero al fervor, a la alegría.»

Por fin empezamos a desfilar, primero lentamente, luego un poco más rápido. De pronto sentí que me daba un codazo de complicidad. «¿Sabés que hoy di el primer paso?» «¿Qué primer paso?» «Para quedarme aquí.» «Ah.» «Fui a la oficina que me indicaron y era justo donde había una cantidad de esa gente que quiere irse. Cuando llegué a la puerta de vidrio, en ese preciso instante la cerraron. Entonces empecé a hacerle señas al empleado que había cerrado la puerta. Y él a hacerme señas que no. Y yo a insistirle que me escuchara un momentito. Entonces se me ocurrió algo. En el bolsillo tenía un papel. Escribí la palabra compañero y puse luego el papel contra el vidrio. Quizá le picó la curiosidad, porque abrió la puerta unos cinco centímetros, lo suficiente para escucharnos mutuamente. 'Hoy no se atienden más solicitudes de salida, ¿entiende?'

'Ya sé, pero es que yo no vengo a eso.' '¿Y a qué viene entonces?' 'Estoy con una excursión. Turistas. Y yo quiero quedarme.' '¿Que quiere qué?' 'Que-dar-me.' El muchacho (porque era un muchacho) no podía creerlo. Entonces abrió un poco más la puerta, para que yo pudiera entrar, provocando con ello las explicables protestas de los candidatos a exiliados en Miami. '¿Dijo que usted quiere quedarse?' 'Sí, eso dije.' El muchacho me miró, como cateándome en profundidad. Después tomó una libreta, le arrancó una hoja, escribió un nombre y me lo dio. 'Mira, chico, ven mañana, pero que sea bien temprano, y pregunta por este compañero. Él te va a atender. Y buena suerte.' Así que mañana voy. ¿Qué te parece? O como dicen aquí: ¿qué tú opinas?» «Ya veo que te adaptas mejor a los modismos cubanos que a los australianos.» La marcha aceleró su ritmo. De a poco nos fuimos separando y por un rato lo perdí de vista. Estábamos pasando exactamente frente al edificio de la Oficina de Intereses norteamericanos (no se veía a nadie en las ventanas) cuando volví a verlo, ahora un poco más atrás. Con voz estentórea y crudo acento montevideano, hacía vibrar una de las consignas que aquella jocunda multitud coreaba: «¡Pin, pon, fuera, abajo la gusanera!»

El otro
(Querer, poder, etc.)

Vos estás chifle, recuerda nítidamente Rolando Asuero que había murmurado Silvio aquella mañana en que Manolo expuso lo que denominaba Visión Personal y Panorámica de la Realidad Nacional y Otros Ensayos. Pero Manolo, que por ese entonces sólo había hablado media hora escasa, dijo apretando los labios, déjame terminar querés. Y Silvio lo había dejado terminar. Y ahora qué pensás, dijo muy orondo Manolo tras el punto final. Vos estás chifle, había insistido Silvio, inconmovible, y casi acaban a los piñazos. Pero Santiago y él, Rolando, habían intervenido rápidamente, y además María del Carmen y la Tita ya estaban haciendo pucheros, de nervios nomás, Graciela no porque siempre fue más dura o más equilibrada o más púdica, y Silvio y Manolo volvieron a sentarse y Silvio empezó a desquitarse con el mate, dándole unas chupadas a la bombilla que se escuchaban en tres dunas a la redonda. Lo cierto era que la tesis de Manolo parecía muy concreta, pero también muy catastrofista. Circular, sentenciaba Silvio. Y sí, lo era, circular y sin salida, pero Manolo le daba un énfasis que la hacía obligatoria. Los que tenían la guita y el poder jamás cederían. No se hagan ilusiones, muchachos, ésta no es la burguesía escandinava que va reduciendo sus dividendos con tal de sobrevivir. Éstos van a apelar a la milicada, aunque la milicada después se los morfe. ¿Constitucionalistas? ¿Legalistas? ¿Vergüenza o pudor de usar el uniforme o de taparse la pelada con el quepis? No jodáis, caros compatriotas. Todo eso es pretérito imperfecto. Nos van a golpear y a liquidar como si fuéramos guatemaltecos, ni más ni menos. O sea que hay que pelearles el partido en otra cancha que no sea la del mero debate político. Hay que pelearles el partido y meterles goles. Aunque sea desde fuera del área. Esa metáfora le había gustado especialmente a Santiago, que a partir de ese instante empezó a interesarse. Y Manolo dale que dale que dale, metiendo a todos en la misma bolsa (tango habemus: *si igual es una mosca que un ciprés*) porque lo que él quería apasionadamente era el cambio, pero no el de los chamuyos, sino el del fato, cita textual. Y no le importaban demasiado los medios *(si Jesús no ayuda que ayude Satán)*, lo esencial eran los fines. Me suena eso, comentó Silvio con ironía marginal. Y vos creés que los vamos a desalojar, preguntaba Santiago, chupando ahora él de la bombilla pero con relativa sordina. No, respondía sin vacilar Manolo, tan eufórico como si estuviera vendiendo futuro. No, no vamos a poder, nos van a reventar, nos van a meter en cana, nos van a amasijar, nos van a liquidar. Y entonces, inquiría Silvio, quemando etapas entre la ironía y la perplejidad. Él, Rolando, se había limitado a levantar las cejas con sano escepticismo. Y entonces nada, estallaba el dinamismo del ponente. Nada en lo inmediato, pero su victoria, la de ellos, será a lo Pirro. Ganarán y no sabrán qué hacer con el trofeo.

Ganarán en los papeles y perderán el pueblo. (Aplausitos en la barra femenina.) Lo perderán definitivamente. Y mirando con cierta provocación a Silvio, seguís creyendo que estoy chifle eh. A lo mejor estamos todos, dijo el otro, aflojando un poco, y entonces Manolo se levantó y le dio un abrazo de molusco cefalópodo con ocho tentáculos, o sea de pulpo, según Larousse. Mientras tanto, María del Carmen y la Tita, ya recuperadas, se reían entre lágrimas, como dos arcoiris. Pero Santiago estaba desacostumbradamente serio y a continuación expuso que, planteada en esos términos, la lucha era sólo moral, a mí qué me importa ser un vencedor ético si van a seguir existiendo los cantegriles y el latifundio y la rosca bancaria y la mar en coche, si yo me metiera en esa gresca querría ser un vencedor real. Bárbaro che, dijo Manolo, todos querríamos ser vencedores reales, no creas que estás descubriendo la pólvora, la cosa no es querer sino poder. Y Silvio otra vez a enardecerse, a partir de ahora se daba cuenta de que el lema de Manolo era más amplio, la cosa no es querer ni poder sino joder. Risitas en la bancada femenina, y los ñoquis que estaban listos, uy qué temprano, vamos que si no se pasan, y yo que tengo la panza llena de mate, lo que ocurre es que ustedes se calientan discutiendo y no se dan cuenta de que se tomaron dos termos completos, qué relajo, a los ñoquis señores a los ñoquis, este tinto está como de misa de gallo, sensacional, y vos crees que después de la revolución seguirá habiendo ñoquis, eh.

Don Rafael
(Dios mediante)

Cerrar los ojos. Cómo quisiera cerrar los ojos y empezar de nuevo y abrirlos después con la tardía lucidez que traen los años pero con la vitalidad que ya no tengo. Dios da pan al que no tiene dientes, pero antes, mucho antes, le dio hambruna al que los tenía. Linda trampa la de Dios. Después de todo, los refranes populares son algo así como un curriculum divino. Se armó la de Dios es Cristo: virulencia y furia. Dios los cría y ellos se juntan: conspiración y acoso. Dar a Dios lo que es de Dios y al César lo que es del César: repartija y prorrateo. Como Dios manda: prepotencia e imperio. Dios pasó de largo: indiferencia y menosprecio. A Dios rogando y con el mazo dando: parapoliciales, paramilitares, escuadrones de la muerte, etc. Cuando Dios quiera: poder omnímodo. Dios nos libre y nos guarde: neocolonialismo. Dios castiga sin palo ni piedra: tortura subliminal. Vaya con Dios: malas compañías.

Cerrar los ojos pero no para mis corrientes pesadillas sino para tocar el fondo de las cosas. Allí están las imágenes, las elocuentes, las sólo para mí. Cada una como la revelación que no entendí ni atendí. Y no se puede volver atrás. Se puede recoger lo aprendido pero de poco sirve.

Cerrar los ojos y al abrirlos encontrarla. ¿A cuál de ellas? Una es un rostro. Otra es un vientre. Otra más una mirada. ¿Cuántas más? En el amor no hay posturas ridículas ni cursis ni obscenas. En el no amor todo es ridículo y cursi y obsceno. También la norma, también la tradición.

De pronto el pasado se vuelve fastuoso, no sé por qué. Mi cuerpo que tuve, el aire que respiré, el sol que me alumbró, los alumnos que escuché, el pubis que convencí, un crepúsculo, una axila, un pino cabeceante.

El pasado se vuelve fastuoso y sin embargo es apenas una desilusión óptica. Porque el pobre, mezquino presente gana una sola y decisiva batalla: existe. Estoy donde estoy. ¿Qué es este exilio sino otro comienzo? Todo comienzo es joven. Y yo, viejo recomenzante, rejuvenezco. Escala de viudo, de veterano profesor, de archivo de palabras. Estoy condenado a rejuvenecer. Último engorde, dicen los cretinos. Y yo estoy flaco, coño. En mi tierra decía carajo, pero también estaba flaco. Del carajo al coño, patria grande esta América. Y un hijo preso. Tristemente preso, porque se siente dinámico y optimista y vital y no tiene demasiadas razones para ese singular estado de ánimo. Se bambolean mis sentimientos, vaya vaya. Estoy donde estoy y él está donde está. Pobre hijo. Si pudiera canjearme con él. Pero no me aceptan. No soy lo suficientemente odioso. No quise derribarlos, desarmarlos, vencerlos. Él sí lo quiso y fracasó. Si yo pudiera entrar allí para que él saliera, tal vez no lo pasaría tan mal. A los sesenta y siete, no iban a torturarme, yo digo. Bueno, nunca se sabe. Y cerraría allí también los ojos y así me libraría de los barrotes. Y acaso podría tocar el fondo de las cosas. Pero no. Estoy donde estoy y él está donde está. Cerrar los ojos y ver a mi hijo pero abrirlos y verla a ella. ¿A cuál? Probablemente a la del barco. O a la del árbol. O a la del pájaro. Dios las cría y ellas se separan. Si yo fuera Dios ordenaría terminantemente que compareciera la del árbol. Pero no soy, y comparece Lydia.

Heridos y contusos
(Un miedo espantoso)

Graciela puso punto final al informe sobre el segundo semestre. Respiró profundamente antes de sacar de la máquina eléctrica el original con siete copias. Ya no quedaba nadie en la oficina. Había trabajado tres horas extras. No para cobrarlas, sino porque el jefe estaba en un apuro y era buena gente y mañana vencía el plazo para la entrega del informe sobre el segundo semestre.

Juntó la última hoja con las treinta y tres restantes. Mañana a primera hora distribuiría original y copias en ocho carpetas. Ahora estaba demasiado cansada. Dejó todo en el segundo cajón, puso la cubierta de plástico sobre la máquina de escribir y se miró las manos, sucias del carbónico negro.

Entró un momento en el baño, se lavó concienzudamente las manos, se peinó, pasó el lápiz labial sobre el color anterior, ya desvaído y reseco, se contempló en el espejo sin sonreírse a sí misma, pero alzó levemente las cejas como interrogándose o cuestionándose o simplemente para comprobar el grado de su fatiga. Unió por un momento los labios recién vueltos a pintar y emitió un resoplido inocuo. Luego volvió a su mesa de trabajo; del primer cajón extrajo su bolso, descolgó el tapado de una percha y se lo puso. Abrió la puerta, salió al pasillo, pero antes de apagar la luz y cerrar, echó un vistazo. Todo estaba en orden.

Cuando se abrió la puerta del ascensor, se sorprendió. No esperaba encontrar a nadie y allí estaba Celia, también sorprendida.

—Siglos que no te veía. ¿Qué hacés a estas horas en la oficina?

—Tuve que pasar el informe del segundo semestre. Y era larguísimo.

—Vos le hacés demasiadas concesiones a tu jefe. Cualquier día de éstos acabarás acostándote con él.

—No, mijita, estate tranquila. No es mi tipo. Pero es buena gente. Además, ni siquiera me pidió que hiciera este trabajo. Y por si todo eso fuera poco, no estuvo conmigo en la oficina.

—Querida, no te justifiques tanto. Era una broma.

Llegaron a la calle. Había niebla y la correspondiente exasperación de los automovilistas.

—¿Querés tomar un té?

—Un té exactamente no. Pero tal vez un trago. Me vendrá bien después de mis 34 páginas con siete copias.

—Así me gusta. ¡Viva la evasión!

Se sentaron junto a una ventana. Desde una mesa vecina, un hombre joven y atildado les echó una mirada inspectiva.

—Bueno —dijo Celia en voz baja—. Parece que todavía somos dignas de ser miradas.

—¿A vos, eso te estimula o te deprime?

—No sé. Depende mucho de mi estado de ánimo, y también, ¿por qué no?, del aspecto del mirón.

—Y éste concretamente, ¿te estimula?

—No.

—Menos mal.

El camarero depositó suavemente las dos copas.

—Salud.

—Salud y libertad.

—Está bien. Es más completo.

—Y además creo que fue consigna de Artigas.

—¿De veras? ¡Cómo sabés vos!

—Si hubieras vivido los años que viví yo junto a Santiago, vos también serías erudita en Artigas. Para él siempre fue una obsesión.

Celia aprovechó para tomar un traguito.

—¿Qué noticias últimas tenés?

—Las de siempre. Escribe regularmente, salvo cuando lo castigan por algo. Tiene buen ánimo.

—¿Y hay alguna esperanza de que lo larguen?

—Habría motivos. Pero esperanzas, no muchas.

La calle era, a esas horas, una realidad poco menos que hipnotizante. Las dos mujeres estuvieron un buen rato calladas, mirando los automóviles, los autobuses repletos, y también a las señoras con perros, los mendigos con leyendas explicativas, los niños harapientos, los buenos mozos, los policías. Celia fue la primera que se desprendió de esa rutina espectacular.

—¿Y vos? ¿Cómo te sentís? ¿Cómo aguantas una separación tan larga? (Hizo una pausa.) Si no querés, no me contestes.

—En realidad, quisiera contestarte. El problema es que no tengo respuesta.

—¿No sabés cómo te sentís?

—Me siento desajustada, desorientada, insegura.

—Y es lógico, ¿no?

—Puede ser. Pero no me parece tan lógico cuando quiero responder a tu segunda pregunta. Eso de cómo aguanto la separación.

—¿Qué pasa?

—Pasa que la aguanto, sencillamente. Demasiado sencillamente. Y eso no es normal.

—No te entiendo, Graciela.

—Vos sabés qué buena pareja hicimos Santiago y yo. Sabés también qué identificados estuvimos siempre en lo político. Los dos estábamos en lo mismo. Aunque él esté en cana y yo esté aquí. Cuando se lo llevaron, creí que no podría soportarlo. Nuestra unión no era sólo física. También era espiritual. No tenés idea de cómo lo necesité en los primeros tiempos.

—¿Ya no?

—La cosa no es tan fácil. Yo lo sigo queriendo. ¿Cómo no voy a quererlo después de diez años de una excelente relación? Y me parece horrible que esté preso. Y tengo plena noción de lo que su ausencia significa para la formación de Beatriz.

—Sí, todo eso va en un platillo de la balanza. ¿Y en el otro?

—El problema es que la obligada separación a él lo ha hecho más tierno, y a mí en cambio me ha endurecido. Para decírtelo en pocas palabras (y esto es algo que no lo confieso a nadie, y hasta me cuesta confesármelo a mí misma): cada vez lo necesito menos.

—Graciela.

—Ya sé lo que vas a decirme: que es injusto. Lo sé perfectamente. No soy tan estúpida como para no saberlo.

69

—Graciela.

—Pero no puedo engañarme. Le sigo teniendo mucho afecto, pero como puede tenerlo una compañera de militancia, no como su mujer. Él se pasa añorando mi cuerpo (siempre me lo hace entender en sus cartas) y yo en cambio no siento necesidad del suyo. Y eso hace que me sienta, ¿cómo te diré?, culpable. Porque en realidad no sé qué demonios me ocurre.

—Puede haber una explicación.

—Claro, vos pensás que hay otro. Pero no hay.

—¿Seguro?

—Todavía no hay.

—¿Por qué agregaste *todavía*?

—Porque en cualquier momento puede haberlo. El hecho de que no sienta necesidad concreta del cuerpo de Santiago, no significa que el mío esté inerte. Celia: hace más de cuatro años que no hago el amor con nadie. ¿No te parece una exageración?

—No sé. No sé.

—Claro, vos tenés a Pedro contigo. Y te va bien. Por suerte. Pero ¿podés saber qué te habría ocurrido si hubieras pasado cuatro años sin verlo ni tocarlo, ni ser vista ni tocada por él?

—No sé y no quiero saberlo.

—Me parece bien que te niegues a enfrentar gratuitamente un conflicto que no es el tuyo. Pero yo sí sé qué me ocurre. No tengo más remedio que saberlo. Y te puedo asegurar que no es fácil, ni cómodo, ni agradable.

—¿Y no has pensado en contárselo de a poco, carta a carta?

—Claro que lo he pensado. Y me da un miedo espantoso.

—¿Miedo? ¿De qué?

—De destruirlo. De destruirme. Qué sé yo.

Intramuros
(El complementario)

Tener noticias tuyas es como abrir una ventana. Lo que me contás de vos, de Beatriz, del Viejo, del trabajo, de la ciudad. Tengo presentes los horarios de todos, así que en cualquier momento puedo organizar mi imaginería: Graciela estará ahora escribiendo a máquina, o el Viejo terminará en este instante su clase, o Beatriz estará desayunando muy apurada porque se le hizo tarde para la escuela. Cuando uno tiene que estar irremediablemente fijo, es impresionante la movilidad mental que es posible adquirir. Se puede ampliar el presente tanto como se quiera, o lanzarse vertiginosamente hacia el futuro, o dar marcha atrás que es lo más peligroso porque ahí están los recuerdos, todos los recuerdos, los buenos, los regulares y los execrables. Ahí está el amor, o sea estás vos, y las grandes lealtades y también las grandes traiciones. Ahí está lo que uno pudo hacer y no hizo, y también lo que pudo no hacer y sí hizo. La encrucijada en la que el camino elegido fue el erróneo. Y ahí empieza la película, es decir, cómo habría sido la historia si se hubiera tomado el otro rumbo, aquel que entonces se descartó. Generalmente, después de varios rollos uno suspende la proyección y piensa que el camino elegido no fue tan equivocado y que acaso, en igual encrucijada, hoy la elección sería la misma. Con variantes, claro. Con menos ingenuidad, por supuesto. Con más alertas, por las dudas. Pero eso sí manteniendo el rumbo primordial. Estos grandes espacios en blanco son por lo común zonas de desaliento, pero en otra acepción también son provechosos. En los últimos y penúltimos tiempos antes de la obligada internación, todo sucedió tan atropelladamente y en medio de tantas tensiones, rodeado por tantas implacables urgencias, por tantas decisiones a tomar, que no había tiempo ni ánimo para la reflexión, para pensar y repensar sobre nuestros pasos, para ver claro en nosotros mismos. Ahora sí hay tiempo, demasiado tiempo, demasiados insomnios, demasiadas noches con las mismas pesadillas y las mismas sombras. Y la tendencia natural, y también la más facilonga, es preguntarse para qué me sirve el tiempo ahora, para qué esta meditación tardía, atrasada, anacrónica, inútil. Y sin embargo sirve. La única ventaja de este tiempo baldío es la posibilidad de madurar, de ir conociendo los propios límites, las propias debilidades y fortalezas, de ir acercándose a la verdad sobre uno mismo, y no hacerse ilusiones acerca de objetivos que uno nunca podría lograr, y en cambio aprontar el ánimo, preparar la actitud, entrenar la paciencia, para conseguir lo que algún día sí puede estar al alcance. A tal punto se atina, en estas peculiarísimas condiciones, a ahondar en el análisis, que me atrevo a confesarte algo: si bien no puedo hacer un plan quinquenal de mis pesadillas, sí puedo soñar despierto y por capítulos. Y así voy desgranando, desmenuzando, lo que quise y lo que quiero, lo que hice y lo que haré. Porque algún día podré volver a hacer cosas, ¿no te parece? Algún día abandonaré este raro exilio y me reintegraré al mundo, ¿no? Y seré alguien distinto, creo incluso que alguien mejor, pero nunca el enemigo del que fui o el que soy, sino más bien el complementario. Sí, tener noticias tuyas es como abrir una ventana, pero entonces me vienen unas ganas casi incontenibles de abrir más ventanas y, lo que es más grave (qué locura) de abrir una puerta. Sin embargo, estoy condenado a ver las espaldas de esa puerta, su lomo hostil, duro, inexpugnable, concretísimo, pero nunca tan sólido como un buen argumento, como una buena razón. Tener noticias tuyas es como abrir una ventana, pero todavía no es como abrir una puerta. Quizá diga demasiadas veces la palabra puerta, pero tenés que comprender que aquí esa palabra es casi una obsesión, aunque te parezca increíble mucho más obsesión que la palabra barrote. Los barrotes están ahí, son una presencia real, admitida, comprendida en toda su chata magnitud. Pero los barrotes no pueden ser otra cosa que lo que efectivamente son. No hay barrotes abiertos y barrotes cerrados. En cambio, una puerta es tantas cosas. Cuando está cerrada, y siempre lo está, es la clausura, la prohibición, el silencio, la rabia. Si se abriera (no para un recreo, o para un trabajo, o para una sanción, que son otras tantas formas de estar cerrada, sino para el mundo) sería la recuperación de la realidad, de la gente querida, de las calles, de los sabores, de los olores, de los sonidos, de las imágenes y el tacto de ser libre. Sería por ejemplo la recuperación de vos y de tus brazos y de tu boca y de tu pelo y bah a qué intentar darle vueltas a un pestillo que no cede, a una cerradura inconmovible.

Pero lo cierto es que la palabra puerta es de las que aquí más se barajan, más aún que todas las otras palabras que esperan detrás de esa puerta, porque todos sabemos que para llegar a ellas, para llegar a las palabras hijo, mujer, amigo, calle, cama, café, biblioteca, plaza, estadio, playa, puerto, teléfono, es imprescindible traspasar la palabra puerta. Y ésta, que siempre nos muestra el lomo pero está aquí, nos mira férrea y sectaria, cruel y durísima, sin hacernos ninguna promesa ni darnos ninguna esperanza y siempre cerrándose en nuestras narices. Sin embargo, nosotros no nos dejamos vencer así nomás, nosotros también organizamos nuestra campaña anti clausura, y escribimos cartas, considerando simultáneamente al destinatario y al censor, o proyectos de cartas donde por costumbre seguimos autocensurándonos pero somos un poquito más osados, o masticamos libres monólogos como éste que ni siquiera llegará al papelucho y sus límites. Pero uno de los matices más destacables y positivos de esa campaña es justamente el hacernos promesas, el darnos esperanzas (no las increíbles y triunfalistas, sino las austeras y verosímiles), el imaginar que abrimos la puerta en nuestras narices. A veces tenemos con nosotros naipes o ajedrez, pero no siempre. Ah pero tenemos el derecho de jugar al futuro, y por supuesto en ese juego de azar siempre nos guardamos un naipe en la manga, o reservamos un jaque mate originalísimo y secreto que no vamos a malgastar en el juego cotidiano sino en la gran ocasión, por ejemplo cuando enfrentemos a Capablanca o a Alekhine, no digamos a Karpov porque éste después de todo existe y además su nombre podría ser tachado. También hablamos de música y músicos, siempre y cuando a mi compañero de turno o a mí no nos lleven con la música a otra parte. Pero a solas o con alguien, puedo recordar por ejemplo varias de mis cumbres de espectador. Y así cuento, o en el más anacoreta de los casos me cuento, que vi y escuché a Maurice Chevalier en el Solís, ya veteranísimo el tipo pero todavía bienhumorado y tan gentil como para hacernos creer a todos que improvisaba cada una de sus bromas prehistóricas; y vi y escuché a Louis Armstrong en el Plaza, y todavía puedo repetirme la convincente humanidad de su ronquera; y vi y escuché a Charles Trenet en no sé que Centro español de la calle Soriano, sentados todos en unas sillas que parecían de comedor y nosotros los gurises en el suelo, y el franchute, un poquito amanerado pero hábil, cantándonos lo que años más tarde supe que se llamaba La mer o Bonsoir jolie madame; y vi y escuché a la Marian Anderson, ya no me acuerdo si en el Sodre o en el Solís, pero sí tengo nítido el porte de aquella negra enorme y dulcísima, instalada como un mamtram en la trágica asunción de su raza; y bastante después vi y escuché a Robbe-Grillet, diciendo muy orondo que en *L'étranger* de Camus el empleo del pretérito imperfecto era más importante que la historia contada; y vi y escuché a Mercedes Sosa, cantando única y casi clandestina en el Zitlovsky de la calle Durazno; y vi y escuché a Roa Bastos, modestísimo sin disimulo, diciendo ante un auditorio vergonzosamente escaso que Paraguay ha vivido siempre en su año cero; y vi y escuché a don Ezequiel Martínez Estrada, algunos meses antes de su muerte, pronunciando una conferencia sobre un tema que no recuerdo porque mi atención estuvo acaparada por su rostro enjuto, cetrino, reseco, sólo reivindicado para la vida por unos ojitos de mirada agudísima; y vi y escuché al Neftalí Ricardo Reyes, bromeador, irónico, sutilmente vanidoso y poetísimo, desgranando como un salmo sus recuerdos de Isla Negra; y vi y escuché al de la otra Isla en la Explanada, metido yo entre un público vibrante ante la duración, el impulso y el estilo del inesperado concierto, que para tantos otros era desconcierto. Recuerdos de niño, de adolescente, de hombre, pero recuerdos indiscutiblemente míos. O sea que cuando levanto el telón soy, como habrás podido apreciar, interesantísimo, y yo mismo me aplaudo y me exijo otra, otra, otra, otra.

Exilios
(Un hombre en un zaguán)

Al doctor Siles Zuazo lo había conocido en Montevideo, hará de esto veinte años, cuando vino exiliado (en aquel entonces se decía exilado) a Uruguay, tras el triunfo de uno de los tantos golpes militares que siempre han ulcerado la historia de Bolivia. Yo entonces tenía pocos libros publicados y trabajaba en la sección contable de una gran compañía inmobiliaria.

Una tarde el teléfono sonó en mi mesa y una voz grave dijo: «Habla Siles Zuazo.» Al principio creí que era una broma y sin embargo no respondí en consecuencia, midiendo quizá la leve posibilidad de que fuera cierto. No salía de mi asombro, pero enseguida él me sacó de dudas. En realidad, me estaba invitando a que fuera a verle al Hotel Nogaró. Pensé que me iba a hablar de Bolivia y de los milicos que habían tomado el poder, pero de todas maneras no me explicaba las razones de que me hubiera elegido precisamente a mí. Pero estaba equivocado.

Unos años antes yo había publicado un ensayo sobre Marcel Proust y el sentido de la culpa. *Bueno, Siles Zuazo quería conversar conmigo sobre Proust y otros temas literarios. Me encontré con que aquel político sin salida al mar, aquel personaje cuyas anécdotas de valor cívico me habían sido narradas por varios amigos, era un hombre excepcionalmente culto, empedernido lector de la literatura contemporánea.*

Hablamos sobre Proust, claro, mientras tomábamos el té con tostadas. Sólo faltaban los bollos de magdalena. Las pocas veces que tocamos el tema político, se debió a preguntas mías. Él en cambio quería hablar de literatura y, por cierto, dijo cosas muy inteligentes y sagaces.

Después de ese encuentro inicial, tomamos té varias veces en el Nogaró, y conservo un recuerdo muy plácido y agradable de aquellas conversaciones. Poco más tarde dejó Montevideo y se reintegró a las luchas y vaivenes políticos de su incanjeable Bolivia.

Estuve muchos años sin verlo, aunque siempre seguí su infatigable quehacer político: legal, cuando se podía, clandestino cuando no. Una noche de cerrada lluvia, allá por 1974, en Buenos Aires, venía yo, creo que por la calle Paraguay tratando de guarecerme, cuando de pronto, al pasar casi corriendo frente a un zaguán, me pareció reconocer allí a un hombre que también se resguardaba del aguacero.

Volví atrás. Era el Dr. Siles. Él también me había reconocido. «Así que también a usted le tocó exiliarse.» «Sí, doctor. Cuando hablábamos en Montevideo eso parecía imposible, ¿verdad?» «Sí, parecía.» En aquella penumbra no podía distinguir su sonrisa, pero la imaginaba. «Y en este inesperado exilio suyo, ¿qué etapa es la actual?» Respondí con un poco de vergüenza: «La número tres.» «Entonces no se aflija. Yo ando por la catorce.»

Esa noche no hablamos de Proust.

Beatriz
(Este país)

Este país no es el mío pero me gusta bastante. No sé si me gusta más o menos que mi país. Vine muy chiquita y no me acuerdo de cómo era. Una de las diferencias es que en mi país hay cabayos y aquí en cambio hay cabaios. Pero todos relinchan. Las vacas mugen y las ranas croan.

Este país es más grande que el mío, sobre todo porque el mío es chiquitísimo. En este país viven mi abuelo Rafael y mi mami Graciela. Y también otros millones. Es muy agradable saber que una vive en un país con muchos millones. Cuando Graciela me lleva al Centro, pasan montones de gente por la calle. Es tanta tanta tanta gente la que pasa que me parece que ya debo conocer a todos los millones de este país.

Los domingos las calles están casi vacías y yo pregunto dónde se habrán metido todos los millones que vi el viernes. Mi abuelo Rafael dice que los domingos la gente se queda en su casa a descansar. Descansar quiere decir dormir.

En este país se duerme mucho. Sobre todo los domingos porque son muchos millones los que duermen. Si cada uno que duerme ronca nueve veces por hora (mi mami ronca catorce) quiere decir que cada millón de habitantes ronca nueve millones de veces por hora. O sea que cunden los ronquidos.

Yo a veces cuando duermo me pongo a soñar. Casi siempre sueño con este país, pero algunas noches sueño con el país mío. Graciela dice que no puede ser porque yo no puedo acordarme de mi país. Pero cuando sueño sí me acuerdo, aunque Graciela diga que yo hago trampa. Y no hago.

Entonces sueño que mi papá me lleva de la mano a Villa Dolores que es el nombre del zoológico. Y me compra manises para que le dé a los monos y esos monos no son los del zoológico de aquí porque a éstos los conozco muy bien y también a sus esposas y a sus hijos. Los monos de mis sueños son los de Villa Dolores y mi papá me dice ves Beatriz esos barrotes, así también vivo yo. Entonces me despierto llorando en este país y Graciela tiene que venir a decirme pero mijita si es sólo un sueño.

Yo digo que es una lástima que entre los millones de gentes que hay en este país no esté por ejemplo mi papá.

Heridos y contusos
(Soñar despierta)

—Ves, por eso no quiero que vengas sola.

—¿Qué hice?

—No te hagas la mosquita muerta.

—¿Pero qué hice?

—Ibas a cruzar con luz roja.

—No venía ningún auto.

—Sí que venía, Beatriz.

—Pero muy lejos.

—Vamos ahora.

Pasan frente al supermercado. Luego, frente a la tintorería.

—Graciela.

—¿Qué hay?

—Te prometo cruzar siempre con luz verde.

—Ya me lo prometiste la semana pasada.

—Pero ahora te lo prometo de veras. ¿Me perdonás?

—No es cuestión de perdón o no perdón. ¿No te das cuenta de que si cruzas con luz roja te puede arrollar un auto?

—Tenés razón.

—¿Qué hago yo, Beatriz, si a vos te pasa algo? ¿Cómo se sentiría tu padre si a vos te pasara algo? ¿No pensás en eso?

—No me va a pasar nada, mami. No llores, por favor. Voy a cruzar siempre con luz verde. Graciela. Mami. No llores.

—Si ya no lloro, boba. Vamos, entrá.

—Es temprano todavía. Las clases empiezan dentro de veinte minutos. Y el solcito está lindo. Y quiero estar un rato más con vos.

—Adulona.

Cuando dice eso, Graciela se afloja un poco y sonríe.

—¿Me perdonaste?

—Sí.

—¿Vas a la oficina ahora?

—No.

—¿Estás de vacaciones?

—Trabajé mucho la semana pasada y me dieron libre este lunes.

—¿Y qué vas a hacer? ¿Vas al cine?

—No creo. Me parece que vuelvo a casa.

—¿Vendrás a buscarme a la salida? ¿O podré volver sola?

—Quisiera tenerte confianza.

—Tenémela, mami. No me va a pasar nada. De veras.

Beatriz no espera la respuesta de Graciela. La besa, casi en el aire, y entra corriendo en la escuela. Graciela se queda un rato inmóvil, mirándola alejarse. Luego aprieta los labios y se va.

Camina lentamente, balanceando el bolso, deteniéndose a veces, como desorientada. Al llegar a la Avenida, recorre con la mirada la cadena de grandes edificios. De pronto los que van a cruzar la rozan, la empujan, le dicen algo, y entonces ella también se decide a cruzar. Pero antes de llegar a la otra acera, los semáforos se han puesto rojos y un camión debe hacer un viraje para esquivarla.

Ahora dobla por una calle casi desierta, donde hay varios tachos de basura, desbordantes y hediondos. Se acerca a uno de ellos y mira con algún interés el contenido. Hace un ademán como para introducir la mano, pero se contiene.

Camina dos, tres, cinco, diez cuadras. En la esquina anterior a la otra Avenida hay una mujer que pide limosna. Junto a ella dormitan dos niños muy pequeños. Ella se acerca y la mujer reinicia su cantilena.

—¿Por qué pide? ¿Eh?

La mujer la mira asombrada. Está acostumbrada a la dádiva, al rechazo, a la indiferencia. No al diálogo.

—¿Cómo?

—Digo que por qué pide.

—Para comer, señora. Por amor de Dios.

—¿Y no puede trabajar?

—No, señora. Por amor de Dios.

—¿No puede o no quiere?

—No, señora.

—¿No qué?

—No hay trabajo. Por amor de Dios.

—Deje tranquilo al amor de Dios. ¿No se da cuenta de que Dios no quiere amarla?

—No diga eso, señora. No diga eso.

—Tome.

—Gracias, señora. Por amor de Dios.

Ahora camina con pasos más firmes y más rápidos. La mendiga queda atrás, atónita. Uno de sus niños rompe a llorar. Graciela vuelve la cabeza para mirar al grupo, pero no se detiene.

Cuando está a dos cuadras de su casa, distingue borrosamente a Rolando. Está apoyado en la puerta. Camina otra cuadra y lo saluda con el brazo en alto. Él parece no verla. Ella repite el gesto y entonces él responde agitando también su brazo, y viene a su encuentro.

—¿Cómo supiste que venía a casa?

—Muy sencillo. Llamé a tu oficina y me dijeron que hoy no ibas.

—Casi voy al cine.

—Sí, pensé en esa posibilidad. Pero el sol estaba tan lindo que me pareció poco probable que decidieras encerrarte en un cine. Y bueno, me largué hasta aquí, y ya ves, acerté.

La besa en las mejillas. Ella busca en su bolso, encuentra la llave, y abre.

—Vení. Sentate. ¿Querés tomar algo?

—Nada.

Graciela abre las persianas y se quita el tapado. Rolando la mira inquisidoramente.

—¿Estuviste llorando?

—¿Se me nota?

—Tenés el aspecto que técnicamente se denomina: después de la tormenta.

—Bah, sólo un chubasquito.

—¿Qué pasó?

—Poca cosa. Un injusto desaliento ante una mendiga, y antes una justa rabieta con Beatriz.

—¿Con Beatriz? Tan linda ella.

—Buena pieza. Pero siempre me gana.

—¿Y qué pasó?

—Estupidez mía. Es tan imprudente al cruzar las calles. Y me da miedo.

—¿Sólo eso?

Rolando le ofrece un cigarrillo, pero ella lo rechaza. Él toma uno y lo enciende. Echa la primera bocanada y la mira a través del humo.

—Graciela, ¿cuándo te vas a decidir?

—¿Decidirme a qué?

—A confesarte a vos misma no sé qué. Evidentemente, algo que no querés admitir.

—No empieces otra vez, Rolando. Me revienta ese tonito paternal.

—Hace mucho que te conozco, Graciela. Antes que Santiago.

—Es cierto.

—Y porque te conozco sé que te sentís mal.

—Me siento.

—Y que te seguirás sintiendo así hasta que lo admitas.

—Puede ser. Pero es difícil. Es duro.

—Ya sé.

—Se trata de Santiago.

—Ah.

—Y sobre todo de mí. Bah, no es tan complicado. Pero es duro. No sé qué me pasa, Rolando. Es terrible admitirlo. Pero a Santiago no lo necesito.

—¿Y desde cuándo te sentís así?

—No me pidas fechas. Yo qué sé. Es absurdo.

—No lo califiques todavía.

—Es absurdo, Rolando. Santiago no me hizo nada. Sólo caer preso. ¿Qué te parece? Después de todo, ¿se puede hacer a alguien algo peor, algo más ominoso? Me hizo eso. Cayó preso. Me abandonó.

—No te abandonó, Graciela. Se lo llevaron.

—Ya lo sé. Por eso te digo que es absurdo. Sé que se lo llevaron y sin embargo me siento como si me hubiese abandonado.

—¿Y se lo reprochás?

—No, ¿cómo voy a reprochárselo? Él se portó bien, demasiado bien, soportó la tortura, fue valiente, no delató a nadie. Es un ejemplo.

—Y sin embargo.

—Y sin embargo me he ido alejando. Y la lejanía me ha dado respiro para repasar toda nuestra relación.

—Que era buena.

—Buenísima.

—¿Entonces?

—Ya no lo es. Él sigue escribiéndome cartas cariñosas, cálidas, tiernas, pero yo las leo como si fueran para otra. ¿Podés aclararme qué ha pasado? ¿Será que la cárcel ha convertido a Santiago en otro tipo? ¿Será que el exilio me ha transformado en otra mujer?

—Todo es posible. Pero también todo puede complementarse. Y enriquecerse. Y mejorarse.

— Yo no he mejorado ni me he enriquecido. Me siento más pobre, más seca. Y no quiero seguir empobreciéndome ni secándome.

—Graciela. ¿Vos seguís compartiendo la actitud política de Santiago?

—Claro. Es también la mía, ¿no? Sólo que él cayó. Y yo en cambio estoy aquí.

—¿Le reprochás los compromisos que contrajo?

—¿Estás loco? Hizo lo que había que hacer. Yo también hice lo mío. Por ahí vas mal rumbeado. En eso estuvimos y seguimos unidos. Donde yo no sigo unida es en la relación de dos. No en la social, sino en la conyugal, ¿entendés? Eso por lo menos lo tengo claro. Lo que no tengo claro es el motivo. Y eso me angustia. Si Santiago me hubiera hecho una porquería, o si lo hubiera visto hacer una porquería a alguien. Pero no. Es un tipo de primera. Leal, buen amigo, buen compañero, buen marido. Y estuve muy enamorada de él.

—¿Y él?

—También. Y al parecer sigue igual. La loca soy yo.

—Graciela. Sos una muchacha todavía. Sos linda, sos inteligente, sos tierna a veces. Quizá lo que echas de menos sea la contrapartida, la retribución afectiva.

—Uy, qué difícil.

—Eso que Santiago no puede darte por correspondencia, y menos por correspondencia bajo censura.

—Es posible.

—¿Puedo hacerte una pregunta muy pero muy indiscreta?

—Podés. Y también puedo no contestarte.

—De acuerdo.

—Venga pues.

—¿Soñás con otros hombres?

—¿Querés decir sueños amorosos?

—Sí.

—¿Te referís a soñar dormida o a soñar despierta?

—A ambas cosas.

—Cuando duermo no sueño con ningún hombre.

—¿Y despierta?

—Despierta sí sueño. Te vas a reír. Sueño con vos.

Don Rafael
(Locos lindos y feos)

Santiago me escribió y está bien. He aprendido a leer sus entrelíneas y por ellas sé que sigue estando cuerdo. Mi temor ha sido ése. No que delate o se afloje. Eso no. Creo que conozco a mi hijo. Mi temor ha sido que se deslice desde la cordura hacia quién sabe qué. Ya lo dijo una vez el director del Penal, no sé si el último o el penúltimo: «No nos atrevimos a liquidarlos a todos cuando tuvimos la oportunidad, y en el futuro tendremos que soltarlos. Debemos aprovechar el tiempo que nos queda para volverlos locos.» Por lo menos fue franco, ¿verdad? Franco y abyecto. Pero de algún modo esa impúdica confidencia dio la clave: es en ellos, los sabuesos, donde hay algo demencial. Son ellos los que aprovecharon el tiempo para enloquecerse. Pero no son locos lindos; son locos disformes, esperpénticos. Locos por vocación y libre elección, que es la forma más innoble de locura. Fueron becados a Fort Gulick para recibirse de dementes. Ahora bien, aunque aquel director del Penal dijo eso hace más de cinco años, yo me sigo aferrando a las únicas seis palabras aprovechables de su escalofriante programa: «En el futuro tendremos que soltarlos.» Digamos que a Santiago *no se atrevieron a liquidarlo cuando tuvieron la oportunidad,* pero ¿estará entre los que soltarán antes de que enloquezcan? Aspiro a que sí. Santiago ha logrado generar, o quizá descubrir en sí mismo, una extraña vitalidad. Su descenso a los infiernos no lo ha incinerado. Chamuscado tal vez. Pienso que, más aún que afiliarse a una esperanza, allí lo que cuenta es aferrarse a la cordura. Y él sigue cuerdo. Toco madera. Y por las dudas que sea sin patas: por ejemplo esta cuchara de olivo, que además es regalo de Lydia. Sigue cuerdo porque se ha incrustado de modo voluntario en la cordura. Y está dosificando prudente y sagazmente sus odios, eso es decisivo. Los odios vivifican y estimulan sólo si es uno quien los gobierna; destruyen y desajustan cuando son ellos los que nos dominan. Sé que es difícil tener sentido común cuando se ha pasado por la humillación y el mutismo empecinado y el asco a la muerte y la alarma sin tregua y el pavor solidario y el martirio en incómodas cuotas. Tras ese itinerario, aferrarse a la cordura puede ser una forma de delirio. Sólo así puede explicarse esa machacona lealtad al equilibrio. Y también por los principios, claro. Pero hubo gentes con muchos y sólidos y declarados principios, que, sin embargo, flaquearon y después se sintieron como el culo. Gentes a las que no enjuicio, que esto quede y me quede bien claro, porque uno no sabe quién es realmente, cuán incinerable o incombustible es, hasta que no pasa por alguna hoguera. Digo sinceramente que los principios son, por supuesto, un elemento fundamental, pero sólo uno. El resto es respeto a sí mismo, fidelidad a los demás, y sobre todo mucho empecinamiento, mucha terquedad en bruto, y también, se me ocurre ahora, una progresiva desmitificación de la muerte. Porque éste es en definitiva el argumento más contundente y taladrante que esgrimen: la posibilidad cierta, la comparecencia genuina de la muerte, pero no una muerte cualquiera, sino la muerte propia. Y sólo rebajándola ante sí mismo, sólo mutilándola de su legendaria reputación, puede el hombre ganar el forcejeo. Convencerse de que morir no es después de todo tan jodido si se muere bien, si se muere sin recelos contra uno mismo. No obstante, se me ocurre (a mí que nunca pasé por ese riesgo) que no debe ser fácil, porque en una coyuntura así uno está espantosamente solo, ni siquiera acompañado por la presencia mugrienta del techo o las paredes, ni por los rostros inmundos de quienes lo destrozan; está solo con su capucha, o más exactamente con el revés de la arpillera; solo con su taquicardia, sus arcadas, su asfixia o su angustia sin fin. Es claro que, cuando eso acaba, cuando eso concluye y se es consciente de que se sobrevive, debe quedarle a uno un sedimento de dignidad y también un sarro permanente de rencor. Algo que nunca más se perderá, aunque el ambiguo futuro depare seguridades y confianzas y amor y paso firme. Un sarro de rencor que puede volverse endémico y hasta llegar a contaminar las seguridades y las confianzas y el amor y el paso firme, tal vez compaginados en más de un futuro individual. O sea que estos implacables, estos peritos de la sevicia, estos caníbales inesperados, estos hierofantes de la Sagrada Orden del Cepo, no sólo tienen una culpa actual, sino también una proyección, que roza el infinito, de esa culpa. No sólo son responsables de cada inquina individual, o de la suma de esas inquinas, sino también de haber podrido los viejos cimientos de una sociedad entera. Cuando suplician a un hombre, lo maten o no, martirizan también (aunque no los encierren, aunque los dejen desamparados y atónitos en su casa violada) a su mujer, sus padres, sus hijos, su vida de relación. Cuando revientan a un militante (como fue el caso de Santiago) y empujan a su familia a un exilio involuntario, desgarran el tiempo, trastruecan la historia para esa rama, para ese mínimo clan. Reorganizarse en el exilio no es, como tantas veces se dice, empezar a contar desde cero, sino desde menos cuatro o menos veinte o menos cien. Los implacables, los que ganaron sus galones en la crueldad militar, esos que empezaron siendo puritanos y acabaron en corruptos, ésos abrieron un enorme paréntesis en aquella sociedad, paréntesis que seguramente se cerrará algún día, cuando ya nadie será capaz de retomar el hilo de la antigua oración. Habrá que empezar a tejer otra, a compaginar otra en que las palabras no serán las mismas (porque también hubo lindas palabras que ellos torturaron o ajusticiaron o incluyeron en las nóminas de desaparecidos), en la que los sujetos y las preposiciones y los verbos transitivos y los complementos directos, ya no serán los mismos. Habrá cambiado la sintaxis en esa sociedad todavía nonata que en ese entonces aparecerá como debilucha, anémica, vacilante, excesivamente cautelosa, pero con el tiempo irá recomponiéndose, inventando nuevas reglas y nuevas excepciones, palabras flamantes desde las cenizas de las prematuramente calcinadas, conjunciones copulativas más adecuadas para servir de puente entre los que se quedaron y aquellos que se fueron y entonces volverán. Pero nada podrá ser igual a la prehistoria del setenta y tres. Para mejor o para peor; no estoy seguro. Y menos seguro estoy de poder habituarme, si algún día regreso, a ese país distinto que ahora se está gestando en la trastienda de lo prohibido. Sí, es probable que el *desexilio* sea tan duro como el exilio. La nueva sociedad no será levantada por los veteranos como yo, ni siquiera por los jóvenes maduros como Rolando o Graciela. Somos sobrevivientes, claro, pero también heridos y contusos. Ellos y nosotros. ¿Será levantada entonces por los hoy niños, como mi nieta? No lo sé, no lo sé. Quizá los oficiantes, los hacedores de esa patria pendular y peculiar sean los que hoy son niños pero siguen en el país. No los muchachitos y muchachitas que traerán en la retina nieves de Oslo o atardeceres del Mediterráneo o pirámides de Teotihuacán o motonetas de la Via Appia o cielos negros del invierno sueco. Tampoco los muchachitos y muchachitas que traigan en la memoria a los niños mendigos de la Alameda, o a los drogadictos del Quartier Latin, o la borrachera consumista de Caracas o el tejerazo de Madrid, o las algaradas neonazis del milagro alemán. A lo sumo puede que ayuden, que comuniquen lo aprendido, que pregunten por lo desaprendido, que intenten adaptarse y bregar. Pero quienes forjarán el nuevo y peculiar país del mediato futuro, esa patria que es todavía un enigma, serán los púberes de hoy, los que estuvieron y están allí, los que desde una óptica infantil pero nada amnésica, vieron buena parte de las duras refriegas y cómo otros adolescentes, los del sesenta y nueve y del setenta, eran acribillados como enemigos, y cómo se llevaron a sus padres y tíos y a veces a sus madres y hasta a sus abuelos y sólo mucho más tarde volvían a verlos, pero tras las rejas o desde lejos o también desde una proximidad hecha de incomunicación y lejanía. Y vieron llorar y lloraron ellos mismos junto a ataúdes que estaba prohibido abrir, y vieron cómo después vino el silencio atronador en las esquinas, y las tijeras en el cabello y en el diálogo, y eso sí, mucho *rock* y *jukeboxes* y tragamonedas para que olvidaran lo inolvidable. No sé cómo ni cuándo, pero esos botijas de hoy serán la vanguardia de una patriada realista. ¿Y nosotros los veteranos? ¿Nosotros las carrozas, como dicen los gaitas? Bueno, los que para entonces todavía estemos lúcidos, nosotros las carrozas que todavía rodemos, nosotros les ayudaremos a recordar lo que vieron. Y también lo que no vieron.

Exilios
(La soledad inmóvil)

*A Sofía, Bulgaria, fue a dar H., periodista, experto en
asuntos internacionales, corresponsal de un diario búlgaro
en Montevideo. A raíz de una de las tantas arremetidas del
régimen había tenido que exiliarse en Argentina, donde vivió siete meses, pero tras el asesinato de Zelmar Michelini y
Gutiérrez Ruiz, también la Argentina se volvió inhabitable
para los exiliados uruguayos. Bajo la protección de las Na-
ciones Unidas, salió hacia Cuba y desde allí a Bulgaria.*

*Vivía solo, lejos de su mujer y de sus hijos, pero segura-
mente había hecho amigos entre los búlgaros, gente cálida y
acogedora, amiga de los tragos nobles y sentimentales, y habrá
disfrutado de esas increíbles avenidas, con canteros de rosas,
que se encuentran a lo largo y a lo ancho de esa linda tierra que
es la de Dimitrov, claro, pero también la de mi amigo Vasil
Popov, que hace más de diez años escribió y publicó un cuento
muy tierno sobre dos tupamaros que encontró una vez en el ascensor de un hotel habanero.*

*Sí, seguramente se habrá acostumbrado al yoghourt
(fermentos casualmente búlgaros) y a los popes y al café a la
turca, que a mí me resulta insoportable. Pero aun así habrá
sentido la inquerida humillación de estar solo y de mirarse cotidianamente al espejo con nuevo asombro y vieja resignación.*

Cuando a mediados de 1977 llegué a Sofía para asistir al Encuentro de Escritores por la Paz, hacía pocos días que H., tan periodista él, había sido noticia. Como todas las tardes, había llegado a su apartamento, probablemente se acostó, y sólo se supo de él varios días después, cuando sus compañeros de trabajo, extrañados por su ausencia, fueron a golpear a su puerta y, al no obtener respuesta, trajeron a la policía para que la abriera.

Estaba en su cama, con vida aún, pero ya sin sentido. Un colapso le había provocado una hemiplejía. Hacía por lo menos tres días que estaba en ese estado. De nada valieron los cuidados intensivos.

En rigor, no murió de hemiplejía, sino de soledad. Los médicos dijeron que si se le hubiera encontrado a tiempo, seguramente habría sobrevivido. Cuando sus amigos lo hallaron, ya había perdido el sentido, pero se supone que por lo menos durante veinticuatro horas supo qué le estaba ocurriendo. Es desolador tratar de introducirme, inventándolos, en sus pensamientos de hombre inmovilizado. No voy a introducirme, por respeto, aunque quizá estuviera en particulares condiciones de hacerlos verosímiles.

Un par de años antes, en mi exilio porteño, en mi apartamento de solo en Las Heras y Pueyrredón, pasé por un trance bastante parecido. Durante un día entero estuve semi inconsciente, presa del llamado mal asmático. Según parece, algunos amigos me telefonearon, pero yo no me enteré, aunque tenía el teléfono sobre la cama. Seguramente creyeron que no estaba. En aquellos sombríos meses de la Argentina de López Rega, cuando en cada jornada aparecían diez o veinte cadáveres en los basurales, era frecuente que muchos de nosotros, en ciertas noches particularmente inquietantes, durmiéramos en casas de amigos. En mi llavero siempre había por lo menos tres llaves solidarias.

En la tarde recuperé vagamente la conciencia, atendí una llamada, sólo una, luego volví a hundirme. Aquel único ademán alcanzó para salvarme. H. ni siquiera tuvo esa posibilidad. La soledad lo había dejado inmóvil.

El otro
(Titular y suplente)

Un rayo la Beatricita, ah si la viera Santiago, Rolando sabe que ése debe haber sido el examen más duro para aquel traga famoso. Años sin Beatriz, quién sabía cuántos. Ahora hay alguna esperanza, pero entonces. Claro que Santiago tendrá varios otros rubros de nostalgia, Graciela entre ellos por supuesto, pero lo más bravo debe ser lo de Beatriz, porque cuando cayó recién empezaba a disfrutarla. No mucho, claro, porque fueron años tremendos, pero de cualquier manera cada dos o tres días se hacía un ratito para verla, y la traía a la cama grande y loqueaba un rato con la piba, que desde que era un gorgojo fue avispadísima. Santiago sí que era padre de vocación, no como él, Rolando Asuero, *habitué* de quilombos en primera instancia, de amuebladas después, en realidad fue la política la que acabó con su latin american way of life, hay que ver que en los últimos tiempos hasta las amuebladas eran usadas para contactos clandes, qué desperdicio, él siempre sentía un poco de vergüenza de no quitarse ni la campera y de tener que respetar a la compañera de rigor (tango habemus: *me cachendié, qué gil)* en aquel ambientacho de jolgorio clásico, bueno alguna vez el contexto pudo más que el texto, de todos modos siempre le pareció que era un abuso de autoridad por parte de los irresponsables Responsables, porque las compas por lo general estaban buenísimas y uno tenía que estar tan atento a no excitarse, tan dedicado a pensar en bloques de hielo y cumbres nevadas, que después hasta se olvidaba del mensaje recibido y a transmitir.

Un rayo la Beatricita. Hoy había estado un buen rato charlando con ella, mientras ambos esperaban a Graciela. A Rolando le encanta cómo la gurisa habla de la madre, y cómo la tiene fichada, y cómo le conoce las inexpugnabilidades y los puntos vulnerables. Pero lo curioso es que lo dice sin vanidad, sin petulancia, más bien con un rigor casi científico. Es claro que ese rigor se esfuma cuando empieza a hablar de Santiago. Lo ha endiosado. Hoy acribilló a Rolando, a tío Rolando (para ella todos los amigos y amigas de Graciela son *tíos*), preguntándole sobre el Penal, sobre cómo serían las celdas, sobre si será cierto que se ve el cielo (él dice que sí, pero ella, a lo mejor es para que Graciela y yo no lloremos) y por qué exactamente estaba preso si tanto Graciela como él, el tío Rolando, aseguraban que era tan bueno y quería tanto a su patria. Y ahí se había callado un ratito para preguntarle después, con los ojos entrecerrados, concentrada en una preocupación que sin duda no era nueva, tío cuál es *mi* patria, la tuya ya sé que es Uruguay, pero yo digo en *mi* caso que vine chiquita de allá, eh, decime de veras, cuál es *mi* patria. Y cuando decía *mi* se tocaba el pecho con el índice, y él había tenido que carraspear y hasta sonarse la nariz para darse tiempo y luego decirle que puede haber personas y sobre todo niños que tengan dos patrias, una titular y otra suplente, pero la gurisa a insistir cuál era entonces su patria titular y él eso está claro tu patria titular es Uruguay, y la gurisa a meter entonces el dedito en la llaga y por qué entonces no me acuerdo nada de mi patria titular y en cambio sé muchas cosas de mi patria suplente. Y menos mal que justo ahí llegó Graciela y abrió la puerta (porque estaban esperando junto a la ventana y sin poder entrar) y fue a lavarse las manos y a peinarse un poco y le ordenó a Beatriz que también se lavara las manos y la gurisa que ya me las lavé al mediodía y Graciela montando en cólera y llevándola de un brazo hasta el lavabo con cierta brusquedad y/o impaciencia, y regresando agitada a donde estaba Rolando, sentado en la mecedora, mirándolo como si sólo ahora advirtiera su presencia y diciéndole hola con una voz cansada e indefensa que sólo lejanamente se parecía a la suya.

Intramuros
(El balneario)

No sé por qué hoy estuve rememorando largamente los veranos en Solís. Era lindo el ranchito y tan cerca de la playa. A veces, cuando me pongo impaciente o rabioso, pienso en las dunas y me tranquilizo. En aquellas temporaditas tan calmas, tan parecidas a la felicidad, ¿quién iba a pensar que después vendría todo lo que vino? Recuerdo cuando subimos a la Sierra, y cuando nos encontramos con Sonia y Rubén, y cuando alquilábamos los caballos y vos te estabilizabas en el trote y no lograbas, pese a tus órdenes y a tus esfuerzos, que el pingo emprendiera el galope, y en consecuencia quedabas reventada. Sin embargo, no sólo me acuerdo de esos detalles costeño-bucólicos; también tengo presente cierta sensación de incomodidad que no me dejaba disfrutar plenamente de aquel sobrio confort de tres semanas. ¿Te acordás de que lo hablamos unas cuantas veces, cuando el atardecer caía sobre el ranchito y la hora del ángelus nos ponía melancólicos y hasta un poco sombríos? Sí, nuestro confort era terriblemente austero, nuestro descanso era baratísimo y nada ostentoso, y sin embargo pensábamos en los que no tenían nada, ni trabajo ni pan ni vivienda, ni mucho menos una hora especial para la melancolía porque su amargura era de tiempo completo. Y así terminábamos en silencio, sin soluciones a la vista, pero sintiéndonos vagamente culpables. Y, claro, a la mañana siguiente, cuando el aire fresco y salobre y el primer sol penetraban desde temprano en el ranchito, ante ese visto bueno de la naturaleza se nos iba la mufa y volvíamos a sentirnos plenos y optimistas y vos te dedicabas a juntar caracoles y yo a andar en bicicleta porque ya en aquellos años vos argumentabas que yo tenía cierta tendencia a la panza, y ya ves, han pasado unos cuantos más y no tengo panza, claro que por otro tratamiento que tal vez no sea el más recomendable. Y los últimos tiempos, cuando también venían los amigos. Eso tenía algo de bueno y algo de malo, ¿no? Era más entretenido, por supuesto, y estimulaba provechosas (aunque a veces demasiado largas) discusiones, que para mí tuvieron siempre una clara utilidad: me servían para descubrir en mí mismo qué pensaba verdaderamente sobre tantos temas. Pero ese verano colectivo también era malo, porque nos quitaba intimidad y arrinconaba nuestra posibilidad de diálogo (la de nosotros dos), limitándola nada más que a la cama, un sitio donde por lo común usábamos otros medios de comunicación. Y en qué desparramo ha acabado todo el clan. Alguno ya no está más. Creo que las mujeres andan por Europa (¿te escribís con ellas?). Tengo entendido que uno de los muchachos anda por ahí, ¿lo ves a veces?, dale mis abrazos, ¿qué hace? ¿trabaja? ¿estudia? ¿sigue muy mujeriego? Conservo un buen recuerdo de su erudición tanguera y de su vena conciliadora. ¿Cómo estará Solís? ¿Seguirá existiendo El Chajá? Era lindo almorzar en su salón de troncos, por lo general repleto de ingleses, amables y distantes como siempre. ¿Por qué les gustaría tanto a los ingleses ese balneario? A lo mejor les gustaba por las mismas razones que a nosotros: allí todavía (al menos en aquellos años) se recuperaba la sensación de espacio; se podía ver la playa como playa y no como un vasto negocio con arena; el marco natural había sobrevivido, ya que las viviendas, aun las decorosamente suntuosas, no agraviaban el paisaje. De mañana temprano era bárbaro caminar y caminar junto a la orilla, recibiendo en los pies esas olitas suaves que te daban ganas de seguir viviendo. Creo que eso nos gustaba también, porque de algún modo simbolizaba al Uruguay de entonces, país de olitas suaves, no de las batientes tempestades que vinieron después. En uno de los extremos había rocas, pero no grandes rompientes. Uno sencillamente se sentaba y el agua invadía los espacios entre roca y roca, recorría y limpiaba esos canalitos, ponía patas arriba a los cangrejos y sacudía las mitades de mejillones que siempre se agrupaban en algún recoveco de piedras y cantos rodados. Al atardecer la sensación era distinta, quizá menos generadora de energía o de optimismo, pero portadora de un sosiego que nunca volví a experimentar. El sol se iba escondiendo tras las dunas de Jaureguiberry, y el rítmico chasquido de las olas mansas se entremezclaba con algún mugido que parecía lejanísimo y quizá por eso se volvía taciturno y agorero. Algunos días nos contagiábamos de esa congoja provisional, pero a veces se convertía imprevistamente en la sal de la jornada, sencillamente porque no teníamos motivos personales para la hipocondría, y entonces, aunque a vos a veces se te humedecieran los ojos verdes y a mí se me formara un nudo en la garganta, siempre éramos conscientes de que no había causas concretas para la tristeza, salvo las congénitas, las que vienen adscriptas al mero hecho de vivir y morir. Y volvíamos caminando despacito, ahora abrazados y en silencio, y en la palma de mi mano derecha sentía que la piel de tu cintura desnuda se erizaba, seguramente porque ya empezaba a correr un anticipo de la brisa nochera, y hacía falta llegar al rancho para ponernos los pulóveres y tomar una grapita con limón y preparar el churrasco con huevos y ensalada y besarnos un poco, no demasiado, porque lo mejor venía después.

Beatriz

(Una palabra enorme)

Libertad es una palabra enorme. Por ejemplo,
cuando terminan las clases, se dice que una está en libertad. Mientras dura la libertad, una pasea, una juega, una
no tiene por qué estudiar. Se dice que un país es libre
cuando una mujer cualquiera o un hombre cualquiero
hace lo que se le antoja. Pero hasta los países libres tienen cosas muy prohibidas. Por ejemplo matar. Eso sí, se
pueden matar mosquitos y cucarachas, y también vacas
para hacer churrascos. Por ejemplo está prohibido robar,
aunque no es grave que una se quede con algún vuelto
cuando Graciela, que es mi mami, me encarga alguna
compra. Por ejemplo está prohibido llegar tarde a la escuela, aunque en ese caso hay que hacer una cartita, mejor dicho la tiene que hacer Graciela, justificando por
qué. Así dice la maestra: justificando.

Libertad quiere decir muchas cosas. Por ejemplo, si
una no está presa, se dice que está en libertad. Pero mi
papá está preso y sin embargo está en Libertad, porque
así se llama la cárcel donde está hace ya muchos años.
A eso el tío Rolando lo llama qué sarcasmo. Un día le
conté a mi amiga Angélica que la cárcel en que está mi
papá se llama Libertad y que el tío Rolando había dicho

qué sarcasmo y a mi amiga Angélica le gustó tanto la palabra que cuando su padrino le regaló un perrito le puso de nombre Sarcasmo. Mi papá es un preso pero no porque haya matado o robado o llegado tarde a la escuela. Graciela dice que mi papá está en Libertad, o sea está preso, por sus ideas. Parece que mi papá era famoso por sus ideas. Yo también a veces tengo ideas, pero todavía no soy famosa. Por eso no estoy en Libertad, o sea que no estoy presa.

Si yo estuviera presa, me gustaría que dos de mis muñecas, la Toti y la Mónica, fueran también presas políticas. Porque a mí me gusta dormirme abrazada por lo menos a la Toti. A la Mónica no tanto, porque es muy gruñona. Yo nunca le pego, sobre todo para darle ese buen ejemplo a Graciela.

Ella me ha pegado pocas veces, pero cuando lo hace yo quisiera tener muchísima libertad. Cuando me pega o me rezonga yo le digo Ella, porque a ella no le gusta que la llame así. Es claro que tengo que estar muy alunada para llamarla Ella. Si por ejemplo viene mi abuelo y me pregunta dónde está tu madre, y yo le contesto Ella está en la cocina, ya todo el mundo sabe que estoy alunada, porque si no estoy alunada digo solamente Graciela está en la cocina. Mi abuelo siempre dice que yo salí la más alunada de la familia y eso a mí me deja muy contenta. A Graciela tampoco le gusta demasiado que yo la llame Graciela, pero yo la llamo así porque es un nombre lindo. Sólo cuando la quiero muchísimo, cuando la adoro y la beso y la estrujo y ella me dice ay chiquilina no me estrujes así, entonces sí la llamo mamá o mami, y Graciela se conmueve y se pone muy tiernita y me acaricia el pelo, y eso no sería así ni sería tan bueno si yo le dijera mamá o mami por cualquier pavada.

O sea que la libertad es una palabra enorme. Graciela dice que ser un preso político como mi papá no es ninguna vergüenza. Que es casi un orgullo. ¿Por qué casi? Es orgullo o es vergüenza. ¿Le gustaría que yo dijera que es casi vergüenza? Yo estoy orgullosa, no casi orgullosa, de mi papá, porque tuvo muchísimas ideas, tantas y tantísimas que lo metieron preso por ellas. Yo creo que ahora mi papá seguirá teniendo ideas, tremendas ideas, pero es casi seguro que no se las dice a nadie, porque si las dice, cuando salga de Libertad para vivir en libertad, lo pueden meter otra vez en Libertad. ¿Ven como es enorme?

Exilios
(Penúltima morada)

La muerte de un compañero (y más cuando se trata de alguien tan querido como Luvis Pedemonte) es siempre un desgarramiento, una ruptura. Pero cuando la muerte culmina su asedio en el exilio, y aun si ello sucede en un ámbito tan fraterno como éste, el desgarramiento tiene otras implicancias, otro significado.

Ese desenlace natural, ese final obligatorio que es la muerte, tiene siempre algo de regreso. Vuelta a la tierra nutricia; vuelta a la matriz de barro, de nuestro barro, que nunca va a ser igual a los otros barros del mundo. La muerte en el exilio es aparentemente la negación del regreso, y éste es quizá su lado más oscuro.

Por eso, durante el largo período de la penosa enfermedad de Luvis, nos era tan difícil verlo animarse, sonreír, hacer proyectos, y más difícil todavía meternos en el disimulo, nombrar futuros que lo incluían, imaginar o sobrentender que volvería a respirar el aire de su cuadra, a ver la playa, ese luminoso corazón del día montevideano, y disfrutar las uvas, los duraznos, esos lujos del pobre.

Cómo hablar de las buenas cosas simples que dan gusto a la vida y que daban sentido a la suya, si sabíamos que la muerte le seguía el rastro y que nadie podía guardarlo ni esconderlo, ni morirse por él, ni menos aún convencer a su sabueso, ni siquiera derramar un llanto clave para que permaneciera vital entre nosotros.

En los primeros tiempos el exilio era, entre otras cosas, el duro hueso de vivir distante. Ahora es también el de morirse lejos. La lista tiene ya cinco o seis nombres. La soledad, las enfermedades o los tiros, acabaron con ellos y quién sabe cuántos más son ahora tantos menos en el vastísimo país errante.

El trago es más amargo si pensamos que morir de exilio es la señal de que no sólo a Luvis, sino a todos, nos han quitado transitoriamente ese supremo derecho a abandonar el tren en la estación donde el viaje empezara. Nos han quitado nuestra muerte doméstica, sencillamente nuestra, esa muerte que sabe de qué lado dormimos, de qué sueños se nutren las vigilias.

Por eso cuando ahora admitimos que Luvis, compañero querido como pocos, se va sin haber regresado, le prometemos bregar no sólo por cambiar la vida, sino también por preservar la muerte, esa muerte que es matriz y nacimiento, la muerte en nuestro barro.

Luvis fue un excelente periodista, un militante revolucionario, un amigo leal, un ferviente admirador de la Revolución cubana, pero acaso podamos sintetizar todos esos matices diciendo que fue un excepcional hombre de pueblo, con los atributos de sencillez y modestia, de apasionamiento y generosidad, de capacidad de afecto y de trabajo, alegría y valor, eficacia y responsabilidad, que de alguna manera compendian lo mejor de nuestro pueblo.

En él se daban dos rasgos complementarios, que no siempre coexisten en el exiliado; por un lado, el ojo y el oído indeclinablemente atentos a los sufrimientos y a las luchas, a los *rumores y las imágenes, de la patria lejana, y por otro, su amplia capacidad de ser útil puesta al servicio de su fecunda integración en Cuba, cuya revolución comprendía, defendía y quería como si fuera la propia, y sabiendo que de algún modo era la suya, era la nuestra.*

Con todas sus frustraciones y amarguras, el exilio no fue nunca para él un motivo, ni mucho menos un pretexto, de autoconfinamiento y soledad. Él sabía que la mejor fórmula contra el azote del exilio es la integración en la comunidad que acoge al exiliado, y así, firme en su convicción, trabajó con denuedo y alegría, casi como un cubano más, sin dejar nunca de ser un uruguayo cabal.

Recordemos que entre los lugares comunes que, en el mundo capitalista, rodean el negocio de la muerte, frecuentemente se habla de la «última morada». Sin embargo, para un compañero como Luvis, ésta en que hoy lo dejamos sólo será la penúltima, ya que su última morada estará siempre en nosotros, en nuestro afecto, en nuestro recuerdo. Y será una morada de puertas abiertas y ventanas con cielo.

Sólo así venceremos a esta muerte que parece sin regreso. Y la venceremos porque nadie duda que Luvis regresará con aquellos de nosotros que volvamos algún día al terruño. Regresará en nuestros corazones, en nuestra memoria, en nuestras vidas. Corazones, memoria y vidas que serán considerablemente mejores por el mero hecho de volver con tan honesto y leal, tan digno y generoso, tan sencillo y veraz, hombre de pueblo.

Heridos y contusos
(Verdad y prórroga)

A última hora de la tarde fue a ver a su suegro. Hacía como quince días que no lo visitaba. El único problema era que sus horarios no coincidían.

—Caramba, caramba —dijo don Rafael después de besarla—. Algo grave debe ocurrir cuando venís a verme.

—¿Por qué dice eso? Bien sabe que me gusta conversar con usted.

—A mí también me gusta charlar contigo. Pero vos sólo venís cuando tenés problemas.

—Puede ser. Y le pido perdón.

—No jorobes. Vení cuando quieras. Con o sin problemas. ¿Y mi nieta?

—Un poco resfriada, pero en general, bien. En los últimos meses, está consiguiendo buenas notas en la escuela.

—Es inteligente, pero además es astuta. Digamos que sale al abuelo. ¿No la trajiste por el resfrío?

—Un poco por eso. Y también porque quería hablar a solas con usted.

—Te lo anuncié, ¿viste? Bueno, ¿cuál es el problema?

Graciela se sentó en el sofá verde, casi se arrojó en él. Miró lenta y detenidamente aquel recinto levemente desordenado, aquel apartamento de viejo solo, y sonrió con desgano.

—Me resulta difícil empezar. Sobre todo porque es usted. Y sin embargo es con el único que quiero hablarlo.

—¿Santiago?

—Sí. Mejor dicho: sí y no. El tema lateral es Santiago, pero el central soy yo.

—Mira que son egocéntricas las mujeres.

—No sólo las mujeres. Pero en serio, Rafael, el tema estricto tal vez sea: Santiago y yo.

También el suegro se sentó, pero en la mecedora. Se le ensombrecieron un poco los ojos, pero antes de hablar se balanceó un par de veces.

—¿Qué es lo que no marcha?

—Yo no marcho.

El suegro pareció dispuesto a acortar camino.

—¿Ya no lo querés?

Evidentemente, Graciela no estaba preparada para entrar tan rápidamente en materia. Emitió un sonido poco menos que gutural. Después resopló.

—Tranquilízate, mujer.

—No puedo. Mire cómo me tiemblan las manos.

—Si de algo te sirve, te diré que hacía ya unos meses que me lo veía venir. Así que no me voy a asustar de nada.

—¿Lo veía venir? ¿Se me nota entonces?

—No, muchacha. No se te nota así, en general. Sencillamente, te lo noto yo, que te conozco desde hace tantos años y que además soy el padre de Santiago.

Graciela tenía frente a ella una buena reproducción del Fumador, de Cezanne. Cien veces había visto allí esa imagen de sosiego, pero sintió de pronto que no podía aguantar aquella mirada, que le pareció oblicua. En otras tardes y en otras penumbras, la mirada del Fumador le había parecido perdida en divagaciones, pero ahora en cambio imaginó que la miraba a ella. Quizá todo venía de esa pipa, sostenida en la boca de un modo muy semejante a como la sostenía Santiago. Así que apartó la vista y miró nuevamente a su suegro.

—A usted le va a parecer una locura, una insensatez. Le adelanto que a mí también me lo parece.

—A mis años nada parece una locura. Uno acaba por acostumbrarse a los exabruptos, a los estallidos, a las corazonadas. Empezando por las propias.

Graciela pareció animarse. Abrió el bolso, extrajo un cigarrillo y lo encendió. Le ofreció el paquete a don Rafael.

—Gracias, pero no. Hace ya seis meses que no fumo. ¿No te habías dado cuenta?

—¿Y eso por qué?

—Problemas de circulación, pero nada serio. Después de todo, me vino bien. Al principio era desesperante, sobre todo después de las comidas. Ahora ya me acostumbré.

Graciela aspiró lentamente el humo, y al parecer eso le dio coraje.

—Usted me preguntó si ya no quiero a Santiago. Tanto si le respondo que sí como si le contesto que no, estaría distorsionando la verdad.

—Parece que la cosa viene complicada, ¿eh?

—Un poco. Es claro que en un sentido lo sigo queriendo, entre otras cosas porque Santiago no ha hecho nada para que yo le dejase de querer. Usted sabe mejor que nadie cómo se ha comportado. Y no sólo en sus lealtades políticas, militantes. También en lo personal. Conmigo siempre ha sido buenísimo.

—¿Y entonces?

—Entonces lo sigo queriendo como se quiere a un amigo estupendo, a un compañero de conducta intachable que, por otra parte, es nada menos que el padre de Beatriz.

—Pero.

—Pero yo, como mujer, no lo sigo queriendo. Es en este sentido que no lo necesito, ¿me entiende?

—Es claro que te entiendo. No soy tan bruto. Además lo decís con mucha claridad y con mucha convicción.

—¿Cómo podría resumirlo? Quizá diciéndolo rudamente. Y espero que usted me perdone. No quisiera acostarme más con él. Le parece horrible, ¿verdad?

—No, no me parece horrible. Me parece triste, tal vez, pero la verdad es que últimamente el mundo no es una fiesta.

—Si Santiago no estuviera preso, esto no sería tan grave. Sería simplemente lo que le ocurre a tanta gente. Podríamos hablarlo, discutirlo. Estoy segura de que al final Santiago lo entendería, aunque mi decisión lo amargara o lo decepcionase. Pero está en la cárcel.

—Sí, está en la cárcel.

—Y eso hace que me sienta como cercada. El está preso allá, pero yo también estoy aprisionada en una situación.

Sonó el teléfono. Graciela hizo un gesto de fastidio: el timbre destruía el clima de comunicación, estropeaba la confidencia. El suegro dejó la mecedora y levantó el tubo.

—No, ahora no estoy solo. Pero vení mañana. Tengo ganas de verte. Sí, de veras. No estoy solo, pero no es una presencia que deba preocuparte. Bueno, te espero en la tarde. ¿A las siete te parece bien? Chau.

El suegro colgó y volvió a instalarse en la mecedora. Miró a Graciela, calibró su expresión de sorpresa y no tuvo más remedio que sonreír.

—Bueno, estoy viejo pero no tanto. Y además, la soledad total es muy jodida.

—Me sorprendí un poco, pero me alegro, Rafael. También me dio un poco de vergüenza. Uno está siempre demasiado atento a su propio ombligo; le parece que los problemas propios son los únicos importantes. No siempre se da cuenta de que los demás también tienen los suyos.

—Te diré que a esto mío yo no lo llamaría exactamente problema. No es una muchacha, ¿sabés? Aunque sí es bastante más joven que yo. Eso siempre estimula. Además, es buena gente. Todavía no sé cuánto durará, pero por ahora me hace bien. Confidencia por confidencia, te diré que me siento menos inseguro, más optimista, con más ganas de seguir viviendo.

—De veras me alegro.

—Sí, yo sé que sos sincera.

El suegro estiró un brazo hasta una puertita de la biblioteca. La abrió y extrajo una botella y dos vasos.

—¿Querés un trago?

—Sí, me vendrá bien.

Antes de beber se miraron y Graciela sonrió.

—Con su inesperada historia casi me hizo olvidar la mía.

—No lo creo.

—Lo digo en broma. ¿Cómo voy a olvidarla?

—Graciela, ¿es simplemente eso? ¿No acostarte más con Santiago, cuando éste salga algún día del Penal? ¿Es sólo eso o hay algo más?

—Al principio no había. Era sólo el alejamiento, en realidad *mi* alejamiento. Descartar una futura relación conyugal con Santiago.

—¿Y ahora?

—Ahora es distinto. Creo que estoy empezando a enamorarme.

—Ah.

—Dije que creo que estoy empezando.

—Mira, si admitís que estás empezando es que ya te enamoraste.

—Puede ser. Pero no estoy segura. Usted lo conoce. Es Rolando.

—¿Y él?

—También para él es duro. Siempre fueron buenos amigos con Santiago. No crea que no me doy cuenta de que ésta es una complicación adicional.

—Te la buscaste bien difícil, ¿eh?

—Ya lo creo. Demasiado.

—¿Y qué vas a hacer? ¿O qué hiciste ya? ¿Le escribiste a Santiago?

—Esto es fundamentalmente por lo que vine a verle. No sé qué hacer. Por un lado, Santiago me sigue escribiendo cartas muy enamoradas. Sé que es sincero. Y yo me siento muy falluta tratando de contestarle en esa misma vena. Por otra, me parece espantoso que él, allá en Libertad, entre cuatro paredes, reciba un día una carta mía (estoy segura de que el sadismo de los milicos haría que se la entregaran de inmediato) en la que yo le diga que no quiero ser más su mujer y para colmo que estoy enamorada de uno de sus mejores amigos. Hay días en que comprendo que, pese a todo, es necesario que se lo escriba de una buena vez, y otros en que me digo que eso sería una crueldad inútil.

—Es penoso, ¿no?

—Sí.

—Me inclino a pensar que el mero hecho de decírselo sería lo que expresaste al final: una crueldad inútil. Vos y Beatriz son para Santiago sus razones de vida.

—¿Y usted?

—Yo soy su padre. Es otra cosa. Los padres vienen de regalo, nadie los elige. La mujer y los hijos se adquieren por un acto de voluntad, por una decisión propia. Santiago me quiere, claro, y yo lo quiero a él, pero siempre ha mediado entre nosotros una distancia. Con su madre era distinto. Ella sí había logrado una buena comunicación, y su muerte fue para Santiago una catástrofe difícil de asimilar. Es claro que entonces tenía quince años. Pero, como te decía, ahora, para él y allí donde está, vos y Beatriz son su futuro; mediato o inmediato, no importa. Él piensa que algún día se reunirá con ustedes dos y todo recomenzará.

—Sí, eso es lo que piensa.

—Ahora bien, como vos decís, si él no estuviera en la cárcel todo eso sería triste pero más normal. Nunca es buena la ruptura de una pareja, pero a veces una continuidad forzada puede ser mucho peor.

—¿Qué me aconseja, Rafael?

El suegro empina el vaso y acaba con el whisky que se había servido. Ahora es él quien resopla.

—Meterse en la vida de los demás es siempre una imprudencia.

—Pero Santiago es su hijo.

—Y vos también sos un poco mi hija.

—Yo lo siento así.

—Ya lo sé. Por eso es más complicado.

Otra vez suena el teléfono, pero el suegro no levanta el tubo.

—No te preocupes. No es Lydia. ¿Te había dicho su nombre? Quien llama siempre a esta hora es un pesado. Un alumno que me hace interminables consultas sobre bibliografía.

Al parecer el alumno es perseverante o terco o ambas cosas, porque el teléfono sigue sonando. Por fin vuelve el silencio.

—Ya que me preguntás, yo sería partidario de que no le escribieras nada sobre el tema. O sea que sigas simulando. Ya sé que eso hace que te sientas mal. Pero tené en cuenta que vos estás libre. Tenés otros motivos de interés y de afecto. Él en cambio tiene cuatro paredes y algunos barrotes. Decirle la verdad sería destruirlo. Y yo no querría que mi hijo fuera destruido precisamente ahora, después que ha sobrevivido a tantas calamidades. Algún día, cuando salga (sé que va a salir) podrás decírselo con todas las letras y también enfrentar toda su amargura. Y cuando llegue esa ocasión, te autorizo a que le digas que fui yo quien te aconsejó el silencio. Al principio le dará mucha bronca, estallará como en sus mejores tiempos, llorará tal vez, creerá que el mundo se viene abajo. Pero para entonces ya no estará entre cuatro paredes, ya estará lejos de los barrotes, y también tendrá, como vos ahora, otros motivos de interés y de afecto. Bueno, ésta es mi opinión. Vos me la pediste.

—Sí, yo se la pedí.

—¿Y qué te parece?

Ahora el suegro parecía más ansioso y nervioso que ella. Cuando inclinó nuevamente la botella, advirtió que la mano que sostenía el vaso le temblaba un poco. También Graciela lo notó.

—Tranquilícese —dijo, parodiándolo. Él se aflojó entonces y rió, pero sin muchas ganas.

—Tal vez sea lo mejor. O por lo menos lo único sensato.

—Comprendo que ninguna solución es totalmente aceptable. ¿Y sabés por qué no lo es? Porque lo único verdaderamente inaceptable es la situación que vive Santiago.

—Creo que voy a seguir su consejo. Seguiré simulando.

—Además, el futuro puede deparar sorpresas. A todos. Así como hoy no lo necesitás, podés volver a necesitarlo.

—Me cree demasiado inestable, ¿verdad, Rafael?

—No. Creo que todos, los que estamos aquí y los que están en tantas otras partes, vivimos un desajuste. Unos más, otros menos, hacemos el esfuerzo por organizamos, por empezar de nuevo, por poner un poco de orden en nuestros sentimientos, en nuestras relaciones, en nuestras nostalgias. Pero no bien nos descuidamos, reaparece el caos. Y cada recaída en el caos (perdoná la redundancia) es más caótica.

Graciela cerró los ojos por un rato. El suegro la miró, intrigado. Quizá tuvo miedo de que soltara el llanto. Pero ella volvió a abrirlos y sólo estaban levemente húmedos, o quizá un poco brillantes. Miró atentamente el vaso vacío que tenía aún en su mano y lo estiró hacia don Rafael.

—¿Me da otro traguito?

Don Rafael
(Noticias de Emilio)

Me siento como estrujado, como perdido. Como jadeante, pero sin jadeo. Como tras una vivencia, miserable y primaria, de la paternidad. Como si me viera desde lejos en un escaparate (ya casi perdí el hábito de decir vidriera) y mi propia imagen fuera la de un maniquí al que, para hacerlo más ridículo, sólo le hubieran dejado puesta una corbata. Afortunadamente, parece que convencí a Graciela, pero yo mismo ¿estoy convencido? La hipocresía es un vicio, pero no estoy tan convencido de que la franqueza sea siempre una virtud. Quiero ser realista, quiero ser amplio, quiero ser flexible, quiero ser contemporáneo. La joda es que además soy padre. O sea que cuando Santiago salga por fin de su prisión (el abogado acaba de enviarme una carta bastante esperanzadora), aquí le espera otra. Ver a Graciela a través de los barrotes de un amor ajeno. Rescatar a Beatriz los fines de semana y llevarla al zoológico y a los parques y alguna vez al cine y preguntarle muy pocas cosas comprometedoras porque cada respuesta, por candorosa que sea, le traerá un desasosiego, le hará hacer un cálculo. Y luego: tratar nuevamente a Rolando ¿como qué?, ¿como el viejo compañero de militancia y hasta de celda o como al hombre que ahora se acuesta con su mujer? ¿Qué pasa señores con mi hijo? Sé lo que posee y hasta lo que le sobra, pero la pregunta de hoy es qué le falta. ¿Cuál ha sido la carencia de esta historia? No me cuesta imaginar los pliegues y repliegues que hacen que la gente lo quiera, pero me declaro tachuela acerca de los despliegues que lo conducen al desamor. ¿Qué carencia ha heredado de mí o de su madre? Tengo que encontrarla. Tengo que encontrar a ese hijo verdadero que acaso todavía no sé quién es. Hoy precisamente desempolvé la carta clandestina, la única que hasta ahora (todavía ignoro cuál fue el insólito canal) pudo enviar con total garantía de que no pasara por la censura carcelaria. Y extrañamente esa carta singular fue para mí y no para Graciela. «Fíjate, Viejo, si estaré seguro de este *correo* que he resuelto decirte las imprudencias que vas a leer. A alguien tengo que hacerle señas desde este páramo y a quién sino a vos. Tengo que hacer señas para no desarmarme, para no reducirme a pedazos. No te aflijas; es una metáfora. Pero de alguna manera traduce una sensación, ¿no? Pongamos las cosas en claro: no tengas miedo de que haya hablado, o delatado a alguien. Eso no. Hay algunas cosas que vos me enseñaste y ésa es una de las que aprendí. Ah, pero tampoco soy un héroe. ¿Te asombrarías si te dijese que aún no sé si callé por convicción o por cálculo? Sí, por cálculo. Siempre observé que mientras lo negás todo, si te obstinás en decir que no y que no con la cabeza, con las manos, con los labios, con los ojos, con la garganta, los tipos igual te dan como en bolsa, claro, pero a veces notas que en el fondo sospechan que les estás diciendo la verdad, o sea que no sabés nada de nada; ah pero en cambio si flaqueás y decís una cosa mínima, una pavada que acaso no les sirva para nada y con la que no jodés a nadie, entonces la actitud cambia, porque a partir de ese momento creen que sabés muchísimo más, y ahí sí que te amasijan, se ensañan con vos. Si negás permanentemente, te van a reventar, es lógico, pero también es posible que a partir de cierto día te dejen tranquilo, porque quizá se convenzan de que, efectivamente, no sabés nada. Pero si decís algo, un dato mínimo, entonces jamás te dejarán tranquilo. A lo mejor te abandonan por un tiempo, pero después vuelven a la carga. Les obsesiona extraerte el resto. De ahí que te repita que no sé si callé por convicción o por cálculo. Tal vez sea por esto último. Pero en el fondo son defensas que uno genera. De todos modos estoy conforme, porque nadie cayó por una flojera mía. Pero no es de esto que quiero hablarte. Vos sabés cuál ha sido siempre la argumentación del abogado: no maté a nadie ¿estamos? Pues sí maté. Que no te venga el infarto ¿eh? Esto no lo saben ni el abogado ni mis compañeros ni Graciela ni nadie. Sólo vos lo estás sabiendo ahora, y lo estás sabiendo porque tengo que quitármelo de encima. Ya ves lo que arriesgo poniéndolo aquí en blanco y negro, por máxima que sea la seguridad en el *correo*, y sin embargo lo hago porque ya no puedo llevarlo a solas. Te cuento. Hacía como diez días que yo estaba en el *enterradero*, uno de tantos. Los últimos dos días los había pasado solo, sin salir jamás a la calle, comiendo exclusivamente de latas, leyendo alguna novela policial, escuchando la radio a transistores pero sólo con auricular para no llamar la atención. De día estaban las persianas cerradas. También de noche, claro, pero sin encender ninguna luz. Había que mantener el aspecto de casa deshabitada. La gran ventaja de ese *enterradero* era que tenía salidas a dos calles distintas, y eso, en medio de todo, me otorgaba cierta seguridad, porque la segunda salida estaba muy disimulada, al final de un corredor al que daban varios apartamentos. La mayoría eran bulincitos, así que el movimiento era escaso y eso también ayudaba. Yo sí que dormía con un ojo abierto, y una noche ciertos roces leves y pasos casi imperceptibles hicieron que abriera el ojo número dos. Me pareció que provenían del jardincito del frente. Miré por entre las persianas y vi una sombra que apenas se balanceaba, pero no alcancé a distinguir si era la sombra de un tipo o la de un pinito medio enano que había en el segundo cantero. Me quedé inmóvil, pero de pronto tuve la intuición de que alguien se movía en el interior de la casa. Pensándolo ahora, creo que ellos estaban tan seguros de que allí no había nadie que descuidaron un poco sus normas de seguridad. Además, tengo la impresión de que eran pocos, sólo tres o cuatro, y que se habían acercado a la casa no porque supieran nada en concreto sino porque a esa altura sospechaban de todo. Y entonces me iluminó una linterna y pasó un minuto que para mí fue una eternidad y una voz dijo muy bajo: Santiago, ¿qué haces vos aquí? Al principio pensé en algún compañero, pero no podía ser porque ellos me llamaban de otro modo, pero luego él apartó un poco la linterna que me encandilaba y pude ver, primero el uniforme, luego el arma que empuñaba, por último el rostro. ¿Sabés quién era? Agarrate, Viejo. Era Emilio. Sí, el mismito que vos pensás, el hijo de tía Ana, tu sobrino. No sabés el desfile de imágenes que pasan por la cabeza de uno en un momento así. Yo tenía poco margen para tomar decisiones; más bien era él quien podía dominar la situación, ya que yo no estaba en condiciones de alcanzar mi arma. En el jardincito había pasos, ruiditos. Él volvió a hablar: Santiago, rendite, es lo mejor, no sabía que anduvieras en esto pero rendite. Y miraba el arma, no la suya sino la mía, la que yo no podía alcanzar. Yo tampoco sabía que anduvieras en esto, Emilio. Ambos hablábamos en susurros. Tantos años sin vernos, murmuró. Mal momento para encontrarnos, ¿eh?, susurré. Y de pronto tomé una decisión instantánea. Puse mis dos puños juntos y me arrimé a él, como para que me esposara las muñecas. Está bien, me rindo. Y él se confió. No se hubiera confiado en ningún otro. Dejó que me acercara y hasta me parece que bajó un poco el arma. No sé ahora qué movimientos vertiginosos hice, pero lo cierto es que tres segundos más tarde esas dos manos mías que iban a ser esposadas le estaban apretando el cuello y lo siguieron apretando hasta que quedó inmóvil. No sé cómo pudo ocurrir todo tan silenciosamente. Las sombras seguían moviéndose en el jardincito pero tampoco hablaban, y era comprensible, no podían revelar así nomás su presencia. Yo estaba descalzo pero vestido, siempre dormía vestido. Caminé todo lo rápido que pude hacia la segunda salida, recogiendo de paso unas alpargatas que estaban sobre una silla. Llegué a la puerta de la otra calle, la que daba al corredor de los bulincitos. Ahí no había persianas ni mirilla, o sea que simplemente había que arriesgarse, y me arriesgué. Salí y no había nadie. Eran las tres de la madrugada. Avancé diez metros, sin correr, y de pronto lo vi y no podía creerlo:

un ómnibus avanzaba lentamente, con sólo dos pasajeros, uno de esos viejos autobuses de Cutcsa con plataforma abierta. Trepé de un salto. Media hora después bajé en la Plaza Independencia. Nunca los diarios mencionaron esa minioperación frustrada, ni el nombre de Emilio apareció como una de las nobles víctimas de la subversión asesina. Sólo el aviso mortuorio. Y hasta estábamos nosotros (vos, yo, Graciela, etc.) entre los deudos que participaban con profundo dolor el fallecimiento. Quizá vos hayas estado en el velorio. Yo no, claro, aunque en algún momento tuve la tentación. Pero a esa altura ya estaba muy quemado. Un año después, cuando nos agarraron en la redada de Villa Muñoz, me sometieron a cientos de interrogatorios, me deshicieron bastante, pero jamás me preguntaron sobre eso. ¿Por qué no dieron cuenta del hecho? Nunca lo sabré. La verdad es que nadie en la familia sabía que Emilio era cana. Pero si su profesión era tan misteriosa, ¿por qué llevaba uniforme? Te preguntarás por qué te ensarto todo esto. Te lo cuento porque nunca me he librado de esa acción, que para mí fue obligada. ¿Prejuicio pequeño-burgués? Tal vez. Es mi única muerte, qué ironía. Estuve en más de un enfrentamiento y en varias ocasiones estuvieron a punto de limpiarme, y yo también estuve a punto de liquidar a alguno, pero parece que mi puntería deja un poco que desear. No tengo ninguna otra muerte en mi haber (¿o será en mi deber?). ¿Cuál es el problema? Que el primo no se me borra. Ni se me borran mis manos crispadas apretándole el cuello. Sueño con él dos o tres veces al mes, pero nunca en el acto de matarlo. No son pesadillas. Sueño con un pasado lejanísimo, cuando ambos éramos

niños (me llevaba un año, ¿no?) y jugábamos al fútbol
en el campito que quedaba atrás de la iglesia, o cuando en
los meses de vacaciones íbamos al Prado en horas de la
siesta, mientras ustedes los adultos sucumbían a la modorra y nosotros nos sentíamos particularmente libres y
nos tendíamos sobre el césped o el colchón de hojas y divagábamos y divagábamos y hacíamos proyectos en el
que siempre íbamos a estar juntos y a viajar pero en barco porque los aviones nos daban miedo y además, así decía Emilio, en la cubierta del barco podremos jugar al
rango y a la payana y en cambio en los aviones eso está
prohibido por las azafatas, y seguíamos divagando y él
iba a ser ingeniero, porque me gusta la regla de tres
compuesta decía, y yo iba a ser músico porque me gustaba tocar La Cumparsita soplando en una hojilla de fu-
mar a través de un peine, y también hablábamos de ustedes los viejos y él dictaminaba, no nos comprenden pero
nos quieren, y teníamos fijada la frontera de los catorce
años para escaparnos definitivamente de su casa y de mi
casa e iniciar así el tomo de aventuras que tantas veces
habíamos construido oralmente. Es con ese Emilio que
sueño y por eso no son pesadillas. La pesadilla viene
cuando me despierto y entonces veo mis manos apretándole el cogote que no era suave y finito como cuando teníamos ocho nueve diez sino corto y rechoncho o acaso
me pareció así debido al cuello del uniforme. En varias
ocasiones, aquí en el Penal o antes en el cuartel, salió su
nombre a luz, y nadie sabe que era mi primo, y todos
coinciden en que era un verdugo, uno de los durísimos,
un canalla que disfrutaba metiéndole al preso la picana
en el culo o en los huevos, y algunos conocen que murió

hace un tiempo pero ignoran en qué circunstancias y yo no aclaro nada cuando alguien comenta ojalá no haya sido de muerte natural, ojalá le hayan machacado el cerebro a ese hijo de puta, sádico de mierda y otros calificativos igualmente elogiosos. De modo que no es exactamente un sentido de culpa esto que a veces me desasosiega, sino pensar que esa madrugada de alguna manera acogoté mi infancia. Y tal vez acordarme de la mirada de confianza que él tenía cuando yo puse los puños juntos como para que me esposara las muñecas. Y tal vez pensar hoy que entonces habló susurrando por alguna razón. Quizá porque creyó que yo no estaba solo en la casa y no las tenía todas consigo aunque era consciente de que mi arma no estaba a mi alcance. O quizá para que los demás no me mataran de puro nerviosismo o de pura crueldad, porque después de todo yo era el primo Santiago y era mejor conseguir que me sometiera vivo y no llevarme cadáver y que algún día la familia se enterara de semejante desaguisado. O quizá porque a él también se le vino de repente todo el pasado en común con nuestras divagaciones sobre el césped y el colchón de hojas, y eso lo desconcertó y lo dejó inerme. O quizá porque no le asaltaron tan rápidamente como a mí las profundas diferencias ideológicas que ahora nos enfrentaban en una guerra sin cuartel y sin primos. Pero yo nunca había matado a nadie, Viejo, y creo que éste mi único fogueo me ha marcado para siempre. A lo mejor eso quiere decir que soy un flojo, aunque haya sido muy fuerte en otras cosas. Y te digo más: creo que no me sentiría así si lo hubiera matado a tiros en un enfrentamiento. Me siento así porque lo maté de ese otro modo, cómo te diré innoble, un poco ruin tal vez, y usando y abusando de su estupor, que era (si quiero ser sincero, no puedo evitar pensar así) un estupor afectivo. Y aunque ahora sé que se había convertido en un tipo siniestro, en alguien sanguinario y sin escrúpulos, y todos dicen y yo también me digo que bien muerto está, lo cierto es que cuando le apreté el cuello con mis manos crispadas, yo ignoraba eso y lo maté sencillamente para sobrevivir, a él que había divagado conmigo sobre un colchón de hojas y había hecho conmigo proyectos comunes de escapadas de su casa y mi casa y de viajes en barco para jugar a la payana y al rango. Son, cómo te diré, dos valores distintos, dos identidades distintas, dos Emilios yuxtapuestos. Viejo ¿me entendés? A Graciela no se lo cuento ni se lo contaré porque no lo comprendería, porque ella tiende siempre a simplificar las cosas. Me diría hiciste bien, un verdugo menos. O me diría: cómo pudiste hacerle eso a tu primo. Y no es ni una cosa ni la otra. Es más complicado, Viejo, más complicado. Ahora una cosa. Tené en cuenta que esta carta es una oportunidad única (algún día espero poder contarte cómo pudo darse este increíble azar) que seguramente no se repetirá nunca más. Es imposible que me contestes por esa vía o por otra que sea tan digna de confianza. Sin embargo tenés que contestarme. ¿Verdad que sí, Viejo, verdad que me vas a contestar? Tendrás que hacerlo por la vía normal, la que pasa indefectiblemente por la censura carcelaria. Tendremos que limitarnos a sólo dos respuestas posibles, aunque bien sabemos cuántos matices puede haber entre una y otra. Toma nota, entonces. Si te haces cargo de la situación; no digo si aprobás o justificás, pero si por lo menos la comprendés, arréglate para que, dos líneas antes del saludo final, figure la palabra *entiendo*. Si en cambio te parece algo abyecto o inadmisible, entonces arréglatelas para escribir *no entiendo*. ¿Estamos? Chau, Viejo.» Leí aquella carta como diez veces y me tomé dos días antes de empezar a escribirle. Mi carta terminaba así: «Mi nieta, que como segunda prioridad es también tu hija, linda y espabilada como siempre, ha empezado a estudiar francés, ¿qué te parece? A veces, cuando viene a verme, me pone al día con su última lección franchuta. Pero debo estar medio duro de oídos (los años ay no pasan en vano) o quizá de memoria, ya que a duras penas la entiendo cuando me dice, con el barnizado acento de la Alliance, alguno de los cuentos de Perrault. Chau, hijo.»

El otro
(Turulato y todo)

Para él es una sensación nueva. Y no es desagradable, qué va a ser. Pero lo cierto es que se ha metido en un atolladero. Nunca le había pasado esto con ninguna mujer. Siempre había sido él, Rolando Asuero, el propietario de la iniciativa, el que había llevado las riendas de cada relación, terminara o no en la cama. Y eso sí, una cuestión de principios: que fuera provisional, con todos los datos y propósitos bien claritos, transparentes como el H_2O y sin que nadie pudiera luego arrinconarlo con el certificado oral de alguna promesa incumplida. Como omitió decir el Eclesiastés: para no incumplir promesas, lo mejor es no hacerlas. Afortunadamente, y esto debía reconocerlo, siempre había encontrado mujeres gauchas y bien dispuestas, que admitían desde el pique las reglas del juego y que después, cuando éste concluía, se esfumaban con un chau cordial y santas pascuas. Por otra parte, a las dueñas o esclavas, esposas en fin, de sus amigos más entrañables, las había tratado como hermanas y si bien de vez en cuando les dedicaba una miradita incestuosa, jamás iba más allá del linde bienhumorado y camaraderil, aunque a menudo soliviantando la coquetería innata de las susodichas. Miraditas incestuosas que no

habían escaseado en tiempos idos para Graciela, que allá
en Solís, balneario en bruto, cuando se ponía su malla
azul de dos exiguas piezas (no era *bikini* sin embargo,
pues hasta ahí no llegaba el cauto liberalismo de Santiago Apóstol) exhibía una estampa o palmito o cuerpo
docente, realmente dignos de consideración y éxtasis, ah
pero él nunca había traspasado la pudorosa barrera del
suspiro o la admiración descaradamente visual tras las
gafas oscuras, por cierto ocasionalmente estimuladas por
algún comentario del mismísimo Santiago, que al verla
correr hacia el agua como en un comercial de tevé, una
tarde de olas por ejemplo, había murmurado como para
sí mismo pero en realidad para los otros tres, está linda la flaca eh, provocando las bromas ambiguas y las ri-
sotadas viriles, bueno es un decir, de los otros dos casados y del único soltero impenitente o sea él, Rolando
Asuero para servir a usted y a su señora, frase célebre y
nada ingenua que él había espetado, dos lustros ha, a un
gerente general de empresa que inmediatamente decidió
convertirlo en ex-cajero.

Pero la Graciela de ahora es otra cosa. Y él también
ha cambiado. Como para no. Primero fue la etapa política, con aquellos dos años previos al golpe que fueron
sencillamente del carajo. ¿Quién que es, no es erótico?
Linda y sustanciosa pregunta para hacérsela a la Esfinge,
lacónica bisabuela de Anwar el-Sadat. Ah, pero qué difícil es ser sencillamente erótico en época de memorables
patriadas. En aquel reñido bienio a veces no se conseguía ni siquiera una catrera para buenamente dormir,
cuánto menos para otros menesteres. Y luego la maldita
cana, con sus capitulillos de plantones, picana, submarino

y otras delikatessen. Ahí sí que labura incansable el marote. Te fabricás resignaciones, comonó, y después ni te acordás, porque de noche, cuando ni siquiera comparece como testigo la cucaracha nuestra de cada día, metes la cabezota en la parodia de almohada y soltás el trapo hasta que te deshidratás de tanta lágrima (TH o sea tango habemus: *rechiflao en mi tristeza*, ah pero nunca: *si fui flojo, si fui ciego*). Sí, la Graciela de ahora es otra cosa. En primer término, más mujer, y en segundo, más confusa, tal vez como consecuencia de esa madurez. Como cuerpo (y como alma también, no seamos dogmáticos) ha madurado notoria y estupendamente, y verla por ejemplo acercarse despacito por el callejón de flores que lleva a su edificio (él, como tantas veces, aguardando en el portal) genera lindas expectativas no siempre confirmadas. Está un poco confusa, es cierto, aunque quizá lo más correcto sería decir desorientada. Y en el centro vital del despiporre: Santiago. Santiago en el Penal, sin poder defenderse ni atacar, solito con su murria y con su acervo cultural, qué terminología eh, pero además qué situação. Rolando ha llegado a un diagnóstico preliminar y es que Graciela es una mina que no la va con la lejanía, y es ahí donde, sin comerlo ni beberlo, el pobre Santiago ha perdido puntos. Pero de ahí a concebir que él, Rolando Asuero, tuviera un papel a desempeñar en esta historia, hay un buen trecho. No sabe. Todavía no sabe. Aunque de a poco lo va sabiendo. Le gusta Graciela, a qué amortiguarlo y/o impugnarlo. Y él reconoce que, en ocasiones varias, cuando ella le hablaba de sus *telarañas* o de sus estados alternos de ánimo y desánimo, había efectuado sobrios avances, había dejado caer indirectas abusivas, había ofrecido ayuda digamos fraterna, y de a poco, tal vez sin proponérselo, había ido dejando veladas pero concretas alusiones a su afectivo interés por ella, o mejor aún al atractivo cierto que tenía para él. Y claro, en ésta su etapa ambigua, con sus sentimientos y emociones en franca revulsión y revisión, Graciela estaba receptiva como una esponja griega. Y seguramente había captado esos movimientos cautelosos, prudentes. Y un día, de pronto, en mitad de una de esas charlas equívocas, de equilibrista, ella salió con aquello de que ya no necesita a Santiago, me abandonó, y él comprensivo, no Graciela no te abandonó sino que se lo llevaron, y ella, es absurdo absurdo o será que el exilio me ha transformado en otra, y él, acaso no seguís compartiendo la actitud política de Santiago, y ella, por supuesto si es también la mía, y él por fin la pregunta de los diez millones, tal vez soñás con otros hombres, y ella, te referís a soñar dormida o a soñar despierta, y él, a ambos casos, y ella, cuando duermo no sueño con ningún hombre, y él, y despierta, y ella, bueno despierta sí sueño te vas a reír, y allí hizo un alto, una pausa no teatral sino apenas un silencio breve para tomar aliento y aquilatar todo el peso de lo que iba a agregar: sueño con vos. Él se había quedado turulato, había sentido un repentino bochorno en las orejas, nada menos que él buena pieza y donjuanísimo, se había mordido un labio hasta sangrarlo pero sin advertirlo hasta horas después. Y ella tensa frente a él, a la espera de algo, no sabía exactamente qué, pero tremendamente insegura porque entre otras cosas conjeturaba que él se estaría acribillando en ese instante con la palabra lealtad, lealtad al amigo solísimo en un calabozo que aunque estuviera limpio siempre sería inmundo, lealtad a un pasado pesado y pisado y a una moral no articulada pero vigente y a larguísimas discusiones hasta el alba en las que siempre estaba Silvio que ya no está y estaba Manolo que ahora es técnico electrónico en Gotemburgo, y las esposas semimarginadas por el machismo-leninismo de los ilustres varones pero participando a veces con objeciones obvias y más que nada preparando ensaladas churrascos ñoquis empanadas milanesas dulce de leche y después lavando platos mientras ellos sesteaban a gamba suelta. Se había quedado turulato, él, tan casanova y putañero, con la frente sudada como liceal seducido por vedette del Maipo, y con una picazón en el tobillo izquierdo que era probablemente una reacción alérgica ante el futuro espeso que se avecinaba. Turulato y todo, había logrado articular gragraciela no jugués con fufuego y hasta había intentado llevar el diálogo a un territorio frivolón, algo así como de carne somos y no codiciar a la mujer del prójimo, todo para tomarse un mínimo respiro, ah pero ella mantuvo su expresión de austeridad sobrecogedora, mira que no estoy bromeando esto es demasiado grave para mí, y él, perdón Graciela es la sorpresa sabés, y a partir de esa frase de segundo acto de sainete porteño ya no tartamudeó y dejó de sentirse turulato para estar definitivamente apabullado y no obstante poder murmurar es una lástima que no pueda contestar que no digas locuras porque en los ojos te veo que hablas terriblemente en serio y también es una lástima que no pueda decirte mira conmigo no va la cosa, porque conmigo va. Y no bien pronunció ese *va*, pensó que había estado sincero y fatal, sincero porque verdaderamente ése era el sentimiento safari que empezaba a abrirse paso en la selvita de su estupor, y fatal, porque no se le escapaba que aquel *va* relativamente imprudente era algo así como el primer versículo de su apocalipsis personal. Pero ya estaba pronunciado y subrayado, y Graciela que había estado decorosamente pálida de pronto se coloreó y suspiró como quien entra en una florería de lujo, y él consideró que ahora correspondía extenderle una mano y en consecuencia se la extendió por sobre la mesita ratona sorteando hábilmente el búcaro sin claveles y el cenicero con puchos, y ella estuvo un rato o sea cuatro segundos vacilando y luego también extendió su mano delgada que parecía de pianista pero era de mecanógrafa y ésta pasó a ser la prueba del nueve porque el contacto fue después de todo suficientemente revelador y ambos se miraron como descubriéndose. A continuación había venido el larguísimo análisis, otra vez la palabra lealtad saltando por sobre el búcaro sin flores y el cenicero con puchos, deteniéndose a veces en los rudos nudillos de él y otras veces en el fragante escote de ella, y Graciela, por ahora más atormentada que feliz, yo comprendo que es una situación injusta pero a esta altura del partido no puedo mentirme a mí misma y demasiado sé todo lo que le debo a Santiago pero evidentemente esa convicción no es un seguro vitalicio contra el desapego conyugal, y Rolando por su parte, por ahora más desconcertado que feliz, tomémoslo con serenidad, tomémoslo como si Santiago estuviera presente en nuestro diálogo ya que él es una parte indescartable de esta situación, tomémoslo como si Santiago pudiera de veras comprenderlo y sobre todo comprendiéndolo en primer término nosotros. Y así hablaron y fumaron durante un par de horas, casi sin tocarse, barajando soluciones y resoluciones, tocando pero con pinzas el tema Beatriz, sin atreverse todavía a desmenuzar o planificar el futuro, prometiéndose un tiempo para habituarse a la idea, prometiéndose asimismo no hacer demasiadas locuras ni tampoco demasiadas sensateces, y Rolando sintiéndose cada vez más hipnotizado por los verdísimos ojos de ella y las piernas de ella y la cintura de ella, y Graciela evidentemente turbándose con esa reacción que sin embargo quería y esperaba, y Rolando empezando a enamorarse de esa turbación, y Graciela de pronto resbalando inerme hacia un sollozo nada premeditado y por tanto persuasivo como pocos, y él tomándole el rostro con ambas manos y sólo entonces notando, en el dulce contacto con los labios de ella, que de puro azorado se había mordido los suyos cuando una hora antes ella había dicho sueño con vos.

Beatriz
(La polución)

Dijo el tío Rolando que esta ciudad se está poniendo imbancable de tanta polución que tiene. Yo no dije nada para no quedar como burra pero de toda la frase sólo entendí la palabra ciudad. Después fui al diccionario y busqué la palabra IMBANCABLE y no está. El domingo, cuando fui a visitar al abuelo le pregunté qué quería decir imbancable y él se rió y me explicó con muy buenos modos que quería decir insoportable. Ahí sí comprendí el significado porque Graciela, o sea mi mami, me dice algunas veces, o más bien casi todos los días, por favor Beatriz por favor a veces te pones verdaderamente insoportable. Precisamente ese mismo domingo a la tarde me lo dijo, aunque esta vez repitió tres veces por favor por favor por favor Beatriz a veces te ponés verdaderamente insoportable, y yo muy serena, habrás querido decir que estoy imbancable, y a ella le hizo gracia, aunque no demasiada pero me quitó la penitencia y eso fue muy importante. La otra palabra, polución, es bastante más difícil. Ésa sí está en el diccionario. Dice, POLUCIÓN: efusión del semen. Qué será efusión y qué será semen. Busqué EFUSIÓN y dice: derramamiento de un líquido. También me fijé en SEMEN y dice: semilla,

139

simiente, líquido que sirve para la reproducción. O sea que lo que dijo el tío Rolando quiere decir esto: esta ciudad se está poniendo insoportable de tanto derramamiento de semen. Tampoco entendí, así que la primera vez que me encontré con Rosita mi amiga, le dije mi grave problema y todo lo que decía el diccionario. Y ella: tengo la impresión de que semen es una palabra sensual, pero no sé qué quiere decir. Entonces me prometió que lo consultaría con su prima Sandra, porque es mayor y en su escuela dan clases de educación sensual. El jueves vino a verme muy misteriosa, yo la conozco bien cuando tiene un misterio se le arruga la nariz, y como en la casa estaba Graciela, esperó con muchísima paciencia que se fuera a la cocina a preparar las milanesas, para decirme, ya averigüé, semen es una cosa que tienen los hombres grandes, no los niños, y yo, entonces nosotras todavía no tenemos semen, y ella, no seas bruta ni ahora ni nunca, semen sólo tienen los hombres cuando son viejos como mi papi o tu papi el que está preso, las niñas no tenemos semen ni siquiera cuando seamos abuelas, y yo, qué raro eh, y ella, Sandra dice que todos los niños y las niñas venimos del semen porque este líquido tiene bichitos que se llaman espermatozoides y Sandra estaba contenta porque en la clase de ayer había aprendido que espermatozoide se escribe con zeta. Cuando se fue Rosita yo me quedé pensando y me pareció que el tío Rolando quizá había querido decir que la ciudad estaba insoportable de tantos espermatozoides (con zeta) que tenía. Así que fui otra vez a lo del abuelo, porque él siempre me entiende y me ayuda aunque no exageradamente, y cuando le conté lo que había dicho el tío Rolando y le pregunté si era cierto que la ciudad estaba poniéndose imbancable porque tenía muchos espermatozoides, al abuelo le vino una risa tan grande que casi se ahoga y tuve que traerle un vaso de agua y se puso bien colorado y a mí me dio miedo de que le diera un patatús y conmigo solita en una situación tan espantosa. Por suerte de a poco se fue calmando y cuando pudo hablar me dijo, entre tos y tos, que lo que tío Rolando había dicho se refería a la contaminación almoférica. Yo me sentí más bruta todavía, pero enseguida él me explicó que la almófera era el aire, y como en esta ciudad hay muchas fábricas y automóviles todo ese humo ensucia el aire o sea la almófera y eso es la maldita polución y no el semen que dice el diccionario, y no tendríamos que respirarla pero como si no respiramos igualito nos morimos, no tenemos más remedio que respirar toda esa porquería. Yo le dije al abuelo que ahora sacaba la cuenta que mi papá tenía entonces una ventajita allá donde está preso porque en ese lugar no hay muchas fábricas y tampoco hay muchos automóviles porque los familiares de los presos políticos son pobres y no tienen automóviles. Y el abuelo dijo que sí, que yo tenía mucha razón, y que siempre había que encontrarle el lado bueno a las cosas. Entonces yo le di un beso muy grande y la barba me pinchó más que otras veces y me fui corriendo a buscar a Rosita y como en su casa estaba la mami de ella que se llama Asunción, igualito que la capital del Paraguay, esperamos las dos con mucha paciencia hasta que por fin se fue a regar las plantas y entonces yo muy misteriosa, vas a decirle de mi parte a tu prima Sandra que ella es mucho más burra que vos y que yo, porque ahora sí lo averigüé todo y nosotras no venimos del semen sino de la almófera.

Exilios
(La acústica de Epidauros)

Si se da un golpe en Epidauros
Se escucha más arriba, entre los árboles,
En el aire.

ROBERTO FERNÁNDEZ RETAMAR

Estuvimos en epidauros veinticinco años después que
                                                [roberto
y también escuchamos desde las más altas graderías
el rasgueo del fósforo que allá abajo
incendia la guía la misma gordita
que entre templo y templete
entre adarme socrático y pizca de termópilas
había contado cómo niarchos se las arreglaba
para abonar apenas nueve mil dracmas
digamos unos trescientos dólares de impuesto por año
y con su joven énfasis nos había anunciado
ante el asombro de cinco porteños
expertos en citas de tato bores
victoria próxima y segurísima del socialista papandreu
estuvimos pues en epidauros respirando el aire trans-
                                                [parente y seco

y contemplando los profusos inmemoriales verdes
de los árboles que dieron y dan su espalda al teatro
y su rostro a la pálida hondonada
verdes y aire probablemente no demasiado ajenos
a los que contemplara y respirara polycleto el joven
cuando hacía sus cálculos de eternidad y enigma
y también yo bajé al centro mágico de la orquesta
para que luz me tomara la foto de rigor
en paraje de tan bienquista y sólida memoria
y desde allí quise probar la extraordinaria acústica
y pensé hola líber hola héctor hola raúl hola jaime
bien despacito como quien rasguea un fósforo o arruga
                                                    [un boleto
y así pude confirmar que la acústica era óptima
ya que mis sigilosas salvas no sólo se escucharon en las
                                                    [graderías
sino más arriba en el aire con un solo pájaro
y atravesaron el peloponeso y el jónico y el tirreno
y el mediterráneo y el atlántico y la nostalgia
y por fin se colaron por entre los barrotes
como una brisa transparente y seca

Intramuros
(Una mera posibilidad)

Ayer estuvo el abogado y me dio a entender que la cosa va por mejor camino. Que no es improbable. Que tal vez. Una mera posibilidad, ya lo sé. Pero debo reconocer que me produjo una conmoción, creo que hasta me vino taquicardia. No es que alguna vez haya perdido la esperanza. Siempre supe que algún día iba a encontrarme nuevamente con ustedes. Pero una cosa es conjeturar que para que ello ocurra han de transcurrir unos cuantos años, y otra muy distinta que tal perspectiva ingrese de pronto en el campo de lo posible. No quiero hacerme ilusiones. Y, sin embargo, me las hago, no lo puedo evitar. Y es comprensible, ¿no te parece? Sólo anteayer admitía como probable que permanecería aquí varios años, y hasta me había fabricado una actitud mental para habituarme a pagar esa gabela, «a besar el azote» como decía ¿te acordás? con su dejo luciferino aquel cura salteño. Ahora, en cambio, cuando surge la posibilidad de que a lo mejor, que tal vez, que acaso, que quizá sea sólo un año o aún menos, es curioso que este lapso tan mensurable en términos de aguante, me parezca sin embargo más insoportable que aquel otro, extenso, casi infinito, al que de alguna manera me había resignado.

Somos complicados, ¿no? Y vos y el Viejo, ¿qué piensan de esto? Por ahora no le digan nada a la nena, no sea que empiece a hacerse ilusiones y luego todo acabe en una frustración, algo que a sus añitos puede ser traumatizante. Nada más que imaginar que acaso la vea pronto, digamos en un plazo alcanzable, sólo eso me eriza el pellejo. Verte a vos, ver al Viejo, es otra cosa. Imagínate si los querré contemplar y estrechar. Hablar largamente con ustedes, qué fiesta diosmío. Pero lo de Beatriz me eriza. Cinco años sin ver a un hijo, y sobre todo si es un niño, significan una eternidad. Cinco años sin ver a un adulto, por querido que sea, son sencillamente cinco años y también es tremendo. A mí por ejemplo me encontrarían sin nada nadita de panza, y con menos pelo (no me refiero a las razones de obvia peluquería local sino a evidentes entradas que nada tienen que ver con semejante ortodoxia). También hay algunas vacantes incisivas y molares (ojo al gol, que no dice *morales* ¿eh?). ¿Qué más? Bueno, ciertas pecas nuevas, nuevos lunares, alguna cicatriz. Como ves, me sé de memoria. Lo que ocurre es que, en una circunstancia como la que vivo, casi de cartujo, el propio cuerpo se convierte inevitablemente en una clave. Y no por narcisismo, sino porque durante horas y horas no hay a mano otra señal de vida. Por mi parte, sé que el Viejo tendrá unas cuantas canas más. Más arrugas no, porque ese viejo ladino nació arrugado. Recuerdo que, cuando niño, siempre me impresionaban los frunces y estrías que tenía junto a los ojos, en el ceño, etc. Al parecer eso no impedía que tuviera flor de banca con las minas. Yo creo que aun en vida de la Vieja se mandaba sus buenos afiles. ¿Y cómo te encontraré a vos?

Más madura, claro, y por eso más linda. A veces las angustias pasadas dejan un rictus de amargura; así al menos escribían los novelistas de comienzos de siglo. Los de ahora ya no emplean giros tan cursis, ah pero los rictus en cambio no pasaron de moda; será que las amarguras siguen tan campantes. Pero yo sé que vos no tenés esos rictus, y si los tenés qué importa, yo te curaré de ellos. Eso sí, es probable que estés más seria, que no te rías tan estruendosamente, tan primaria y primaveralmente como antes. Pero también es seguro que habrás conservado y enriquecido tu capacidad de alegría, tu vocación de eficacia. Si lo que el abogado me dejó entrever efectivamente ocurre, no tengo la menor idea de cómo (y si) podré juntarme con ustedes. Quiero decir: ignoro si en ese caso podría salir del país. Demasiado sé que en este aspecto todo será complicado, pero siempre será mejor que esta separación, que en este instante ya no sé si es injusta, absurda o merecida. Preferiría viajar, por supuesto, porque aquí ¿qué familia me queda? Tras el fallecimiento de Emilio, sólo está tía Ana, pero no creo que tenga demasiadas ganas de verla; después de todo, nunca ha intentado visitarme. Dicen que está más achacosa que de costumbre, será por eso. En cuanto a los otros primos, no pueden verme por razones obvias, ni, aunque yo saliera, creo que pudiera verlos. Conseguir trabajo aquí sería muy difícil, por motivos varios, de modo que insisto en que lo mejor sería que yo viajase, pero es prematuro conjeturar (sólo en base a los breves indicios que me dejó entrever el doctor) alguna cosa sobre el particular. Mientras tanto, pienso. Y sobre cosas concretas. Frente a esta nueva posibilidad, de pronto he dejado de fantasear, de refugiarme en recuerdos, de reconstruir instancias del balneario, o de la casa, de reconocer figuras y rostros en las manchas de humedad de los muros. Ahora pongo mi atención en temas concretos: trabajo, estudios, vida familiar, proyectos de diversa índole. No estaría mal que pudiera completar los estudios. ¿Por qué no vas averiguando ahí, en la Universidad, qué materias podría revalidar, cuáles tendría que rendir de nuevo? Por si las moscas ¿sabés? ¿Y trabajo? Ya sé que tenés un buen empleo, pero yo quiero laburar lo antes posible. Y no pienses que sea por machismo. Simplemente tenés que entender que toda la vida he trabajado y estudiado simultáneamente, de modo que tengo el hábito y además me gusta. ¿Por qué no van examinando, vos y el Viejo, alguna posibilidad en este sentido? Ustedes bien conocen qué sé hacer mejor, pero a esta altura no voy a pretender que el trabajo responda exactamente a mis conocimientos o a mi vocación. Puedo hacer cualquier cosa ¿entendés? cualquier cosa. Físicamente estoy bastante repuesto y es seguro que ahí terminaré de reponerme, siempre cuidando, claro, de que no vuelva la panza. Se me hace agua la boca nada más que de imaginar que podría recuperar una vida normal, una vida con vos y con Beatriz y con el Viejo. Desde hace quince días tengo otra vez a alguien con quien compartir el espacio, digamos un compañero de habitación, y es muy buena gente, nos llevamos magníficamente. Sin embargo, con él no me atrevo a hablar de mi nueva perspectiva, sencillamente porque él no la tiene, al menos por ahora, y si doy rienda suelta a mi euforia (siempre con la íntima e inevitable desconfianza de que yo padezca una optimitis aguda) temo provocar en él, así sea indirectamente, cierta desesperanza y cierta pena. Todos somos generosos, por lo menos aquí hemos aprendido a serlo, sobre todo cuando queda atrás la primera etapa que suele ser egoísta, reconcentrada, huraña, hasta hipocondríaca; pero también la generosidad tiene fronteras, aledaños y colmos. Recuerdo perfectamente que, hace poco más de un año, cuando salió J., yo mismo experimenté sentimientos encontrados. Cómo no sentir alegría ante la realidad de que justamente él, que es un tipo excepcional, pudiera reunirse con su mujer y su madre y trabajar de nuevo y sentirse otra vez plenamente un ser humano. Y sin embargo su ausencia también me desalentó, en primer término porque J. es un tipazo para compartir con él las veinticuatro horas, y luego porque su ida me reveló el rigor y la tristeza de mi quedada. Es curioso, pero el buen compañerismo no consiste siempre en hablar o escuchar, en contarnos las vidas y las muertes, los amores y los desamores, en narrarnos novelas que leímos hace mucho y que ahora no tenemos a mano, en discutir sobre filosofía y sus suburbios, en sacar conclusiones de experiencias pasadas, en analizar y analizarnos ideológicamente, en intercambiar las respectivas infancias o, cuando se puede, en jugar al ajedrez. El buen compañerismo consiste muchas veces en callar, en respetar el laconismo del otro, en comprender que eso es lo que el otro necesita en esa precisa y oscura jornada, y entonces arroparlo con nuestro silencio, o dejar que él nos arrope con el suyo, pero, y este pero es fundamental, sin que ninguno de los dos lo pida ni lo exija, sino que el otro lo comprenda por sí mismo, en una espontánea solidaridad. A veces una buena relación de enclaustramiento o reclusión, una relación que puede convertirse en amistad para siempre, se construye mejor con los silencios oportunos que con las confidencias intempestivas. Hay gente incluso que se considera tan obligada a intercambiar peripecias autobiográficas que hasta las inventa. Y no siempre se trata de mitómanos o mentirosos, que también los hay; a veces se inventa un episodio como una deferencia, como una cortesía hacia el compañero, creyendo que con eso se le entretiene, o se le hace olvidar su desamparo, o se le extrae de un pozo de angustia, o con ello se le provocan nostalgias y se le enciende la memoria, y hasta se le contagia el virus del recuerdo-ficción. Bicho raro el ser humano cuando está condenado a su propia soledad o cuando el castigo consiste en cotejarla cotidianamente con las respectivas soledades de uno o dos o tres prójimos cuya contigüidad no eligió ninguno de ellos. No creo (ni siquiera después de estos últimos y durísimos años) aquello que decía el taciturno existencialista acerca de que el infierno son los otros, pero en cambio puedo admitir que muchas veces los otros no son precisamente el paraíso.

Heridos y contusos
(El dormido)

A primera hora de la tarde, el silencio está afuera y está adentro. Graciela sabe qué va a encontrar si se decide a mirar a través de las persianas. No sólo el camino de flores estará desierto, sino todo el alrededor: los canteros, las calles internas de la urbanización, las ventanas, las breves terrazas del edificio B.

Los únicos habitantes móviles son a esta hora unos extraños abejorros que se arriman zumbando a las persianas, pero no consiguen entrar. A lo lejos, muy a lo lejos, suenan de vez en cuando, como en ondas casi imperceptibles, los gritos y las risas de un colegio mixto que queda a unas doce o quince cuadras.

Entonces ¿para qué va a levantarse a mirar a través de las persianas si de antemano sabe lo que va a encontrar? Ese exterior es rutina, y en cambio en el interior, por ejemplo en la cama, hay una novedad.

Graciela apaga el cigarrillo apretándolo contra un cenicero de la mesita de noche. Se incorpora a medias, apoyándose en un codo. Examina su propia desnudez y siente un escalofrío, pero no hace ademán de recoger la sábana que está amontonada a los pies de la cama.

Sigue mirando hacia las persianas, pero sin que nada reclame su interés. Probablemente es sólo una manera de darle la espalda al resto del lecho, pero no como un rechazo, sino como la postergación de un disfrute. Y entonces, antes de darse vuelta, antes de mirar, va moviendo lentamente una mano hasta posarla sobre la piel del dormido.

La piel del dormido se estremece, un poco a la manera de los caballos cuando intentan espantar las moscas. La mano no se da por aludida y permanece allí, tenaz, hasta que aquella carne vuelve a serenarse. Luego Graciela mueve su cuerpo semi incorporado a fin de enfrentarlo totalmente al dormido, y sin abandonar el archipiélago de pecas que cubre la palma, lo mira de arriba a abajo y viceversa, deteniéndose en puntos, rincones, breves territorios, que en el curso de las últimas horas han ido ganando sus preferencias y turbando su brújula.

Y se demora por ejemplo en el hombro macizo que horas antes acarició con su oreja y su mejilla; y en el pecho sólo a medias velludo; y en el ombligo extraño, como de niño, que la mira como un ojo de asombro, movido indirectamente por el compás respiratorio; y en la cicatriz profunda de la cadera, esa que le hicieron en cierto cuartel que él nunca menciona; y en el vello desordenado y rojizo del triángulo inferior; y en el mágico sexo ahora en reposo después de tanta brega; y en los testículos desiguales porque el izquierdo nunca se ha recuperado y está como magullado y contraído después de tanta máquina en el cuartel sin nombre; y en las piernas bien labradas como el corredor de ochocientos con vallas que hace un tiempo fue; y en los pies toscos y grandes, de dedos largos y un poco torcidos y una uña a punto de encarnarse.

Graciela retira su palma de aquella orografía y acerca su boca a la otra boca. En ese preciso instante, la del que acaso sueña esboza una sonrisa, y ella entonces decide alejarse para verla mejor, para imaginarla mejor, hasta que la sonrisa se cambia en un suspiro o resoplido o jadeo y se va esfumando hasta convertirse otra vez en mera boca entreabierta. Ella aleja la suya, de labios apretados.

Ahora se tiende de espaldas, con las manos bajo la nuca y mirando hacia el cielo raso. Desde el exterior sigue penetrando el silencio y también la insistencia de los abejorros, pero ya no se escuchan las risas y los gritos del colegio mixto.

Ese colegio no es el de Beatriz ni tiene el mismo horario, pero Graciela alza un brazo hasta poder ver la hora en el reloj digital, regalo de su suegro. Vuelve a poner la mano bajo la nuca, y en tono suave, como para que el dormido no tenga un despertar con sobresalto, dice:

—Rolando.

El dormido se mueve apenas, estira lentamente una pierna y sin abrir los ojos deposita una mano sobre el vientre liso de la mujer despierta.

—Rolando. Arriba. Dentro de una hora llega Beatriz.

El otro
(Sombras y medias luces)

Lo peor de todo era dejar correr el tiempo sin haber llegado a un acuerdo sobre el futuro. Porque no importaba cuántas horas conversaran sobre el tema ni cuántas veces se animaran a tratarlo. Todos los argumentos y contrargumentos acababan derrumbándose cuando él, Rolando Asuero, volvía a repetir el ademán ya clásico, el del primer día de la creación, o sea el de tomarle el rostro con ambas manos y besarla con una convicción que en cada nuevo ensayo se iba ajustando y madurando y dejando un sedimento más entrañable. Y cuando él la desnudaba con la misma responsabilidad y el mismo placer de la ocasión primera, y ella se dejaba acariciar y acariciaba con una alegría corporal que, al iluminarla, la convertía rápidamente de seducida en seductora, entonces se acababan todas las humillaciones y los tirones de conciencia y el situarse arbitrariamente en el lugar del ausente. Nunca lo hacían de noche, porque Graciela no quería que Beatriz se enterara antes de que Santiago lo supiera. Graciela no quería que la hija convirtiera, con su sola mirada de estupor o con su oído indeliberadamente atento, aquel acto traslúcido en aire confinado, aquella necesidad mutua en enigma a descifrar. Por eso lo hacían de tarde, y él estaba de acuerdo, mientras la ciudad sesteaba y sólo se oía el zumbido de los abejorros que merodeaban en el callejón de flores o junto a las persianas.

Graciela le había dicho que esa hora obligada había acabado en ella con un prejuicio antiguo, más arraigado en sus hábitos de lo que había pensado y admitido. Con Santiago nunca había hecho el amor de tarde, porque ella quería la oscuridad absoluta para la ceremonia, no quería nada que la distrajese del tacto, ya que el tacto era para ella el sentido cardinal de la unión amorosa, y Santiago, que no estaba de acuerdo con tal preeminencia y exclusividad del tacto, se había resignado sin embargo, siempre de mala gana, a esa exigencia que él atribuía a puritanismo mal digerido y punto, y sobre todo a su educación en colegio de monjas. Contra el cielo no hay quien pueda, decía Santiago para justificar el carácter irremediable de su concesión. Pero Graciela siempre había tenido bien clarito que las Hermanas no tenían la culpa y que en todo caso la razón última residía en ella misma, en un pudor oscuro del que no se enorgullecía. Por su parte, Rolando se hacía el muy amplio y condescendiente, pero en realidad no le gustaba nada ese arqueo tan pormenorizado de aquellas ajenas noches desnudas, y sólo por vengarse moderadamente de ese malestar le preguntaba y qué tal antes de Santiago, y ella no se indignaba, sino más bien se avergonzaba de confesarle que antes de Santiago nada, y otra vez se embarcaba en el lío de las sombras y las medias luces, y la prueba la tenés ahora, porque haciéndolo como lo hacemos en plena hora de siesta y aun con las persianas cerradas la penumbra es tan luminosa que todo queda a buena vista. Y era tan poderoso su deseo del otro cuerpo, tan prioritario y tan tierno el placer de juntarse con él, que en ningún momento ella había hecho hincapié en su anacrónico culto de lo oscuro, y no sólo no se había distraído del tacto, sino que había descubierto, casi a pesar suyo, cuánto agregaba al tacto la decisión de mirar al otro cuerpo en todas sus maniobras y rutinas y nuevas propuestas, y cuánto agregaba al tacto el ser mirada en todos sus valles y musgos y colinas. Sólo después del disfrute y el aflojamiento, cuando él, Rolando Asuero, encendía un cigarrillo y luego otro más y se lo alcanzaba, sólo entonces o más bien un poco después cuando ella volvía del baño y se acurrucaba contra él, sólo entonces el tema del ausente volvía a instalarse entre ellos, entre los dos cuerpos satisfechos y laxos.

Ella hablaba y hablaba, le daba vueltas y más vueltas a la situación, y llegaba a decir que nunca había sentido su propio cuerpo tanto como ahora, nunca había sacado tanto partido, no sólo físico, sino también espiritual, de un hecho que después de todo no tenía demasiadas variantes (en eso Rolando no está totalmente de acuerdo, pero se limita a sonreír) y sin embargo esa plenitud no la empujaba a hacer comparaciones, porque no quería agraviar el recuerdo de Santiago ni siquiera el recuerdo de su cuerpo (aquí Rolando deja de sonreír), no quería de ninguna manera opacar su imagen, ya que tampoco tenía derecho a hacerlo pues no olvidaba que cuando ella y Santiago lo hacían eran más jóvenes, más urgidos, más vitales quizá (aquí Rolando frunce el ceño) pero también más inexpertos, y después de todo, lo sufrido en carne

propia y ajena en todos estos años los había transformado en seres más duros y a la vez más tiernos, en hombres
y mujeres más reales y a la vez más irreales, más concretos y sin embargo más moldeables por la imaginación, y
todo eso, todo ese desmoronamiento de ritos y de normas, toda esa contradicción entre pasado y presente, entre presente y futuro, toda esa flamante objetividad, des-
pojada de horóscopos (sonrisa de Rolando con soplido
adicional) y melancolías, venía a convertirse de pronto
en la única ventaja de una triste historia: ser menos
mentirosos en el trato recíproco, ser menos injustos en
la relación mutua, ser más humanos de tercera clase,
porque los de primera y segunda ya no estaban, o ya no
eran, o acaso habían pertenecido a estratos de ficción y
disimulo.

Hasta que en la nueva vez que lo hicieron, cuando
ella recomenzaba su paternoster post afrodisíaco, Rolando apagó el cigarrillo y le quitó el de ella, apagándolo
también, y le tomó sin violencia un mechón de pelo suelto y la acostó suavemente y trepó sin apuro sobre aquel
cuerpo asombrado y estremecido, y tras besarla junto a
la oreja, dijo simplemente, Graciela no empieces de nuevo, vos y yo sabemos la historia completita, a quién se la
contás entonces, él es tu marido y yo soy su amigo, y
además es un gran tipo, pero no podemos seguir jugando
al pingpong de la conciencia, entendés, tenemos que
decidir y aparentemente ya lo hemos decidido. Hemos
encontrado algo que nos importa mucho y por lo tanto
vamos a seguir juntos, con todos los problemas y desa-
justes que ello va a implicar. Los capítulos próximos serán
duros, pero vamos a seguir juntos. Vos lo sabés y yo

lo sé. Entonces dejemos el tema Santiago para cuando un día él esté en condiciones de saberlo, de adaptarse a la nueva realidad. Vos y don Rafael decidieron no decirle nada mientras esté en cana. Yo no estoy tan seguro de que sea lo mejor, no te olvides de que yo también estuve en cana y creo saber cómo se valoran desde allí estas cosas, pero lo acepto sin embargo y también acepto mi responsabilidad en la omisión. Si, pese a todo, vos seguís respetando a Santiago, y si yo lo sigo respetando, no podemos seguir hablando obsesivamente de él cada vez que lo hacemos. Vos seguirás pensando, claro, y yo seguiré pensando, cada uno por su cuenta y riesgo. Hizo una pausa, volvió a besarla, y cuando él, Rolando Asuero, ya estaba a punto, agregó como pudo: el simple hecho de no macerar el tema con palabras que se repiten y se gastan y nos gastan, ese simple silencio nos irá ayudando, nos ayudará a querernos como verdaderamente somos, y no como tendríamos la frágil obligación de ser.

Exilios
(Adiós y bienvenida)

Holweide es un barrio de Colonia, en la República Fede-
ral de Alemania. Mejor llamémosla Köln, para que no se la
confunda con la del Sacramento. Un Holweide, pues, se afincó
(con un carácter provisional que ya acumula siete años) una
familia uruguaya, es decir Olga y sus tres hijos, que en 1974
eran sólo niños y ahora son adolescentes. Familia incompleta,
ya que el padre, David Cámpora, estaba preso en Uruguay
desde 1971. En el logro de su libertad obtenida en 1980, fue
decisivo el papel desempeñado por la escuela en que estudian los
tres muchachos: Ariel, Silvia, Pablo.

Según los Cámpora, «Holweide es un barrio proleta, un
trozo de pueblo alemán. Hay de todo: gente trabajadora y
marginados sociales, plazas de deportes, negocios pequeños,
viejas simpáticas y viejas chismosas, varias iglesias, un par de
bancos, una escuela piloto sumamente progresista, gente senci-
lla en fin».

«La escuela se inauguró», me cuenta Olga, «justo cuan-
do los gurises empezaron a ir. Ahora tiene unos mil doscientos
alumnos. En la actividad desplegada por la libertad de David
participaron padres, maestros, alumnos, la directora de la es-
cuela y hasta el propio Ministro de Educación, quien reconoció
que para esa escuela los derechos humanos eran algo más que

una clase teórica. Se creó una Comisión Cámpora y nos reuníamos quincenalmente para cranear qué nuevas cosas hacer. A veces pensábamos que ya no se podía hacer nada más, pero siempre surgía una idea nueva».

Se llevaron a cabo varios actos por Uruguay. En el primero de ellos la escuela convocó una asamblea de padres para informarles sobre la situación de David y consultarlos acerca de qué se podría hacer. «Esperábamos que asistieran unos treinta», dice Olga, «pero, ante nuestra sorpresa, concurrieron quinientos, y de ahí surgió la idea de hacer una demostración frente a la Embajada uruguaya. Contrataron autobuses, hicieron colectas y hasta hubo que pagar seguro por los niños, ya que la manifestación implicaba sacarlos de Köln y trasladarlos a Bonn. Hubo niños que contribuyeron a la financiación con parte de su asignación mensual. El costo total fue de 4.000 marcos y participaron más de 800 personas. Aquí eso representa mucho, sobre todo si se tiene en cuenta que los niños más pequeños debían ir acompañados por sus padres o traer una autorización escrita. Así se inició una nutrida serie de actividades. Fueron enviadas al gobierno uruguayo 20.000 cartas, con otras tantas firmas, y se logró la participación de trece escuelas de la ciudad. Se publicaron artículos en la prensa y el caso Cámpora se fue conociendo y a la vez encarando como cosa propia. Buenas madres de familia que nunca habían repartido un volante, ahora juntaban firmas en la calle y explicaban lo que ocurría en Uruguay. Hubo unas pocas que decían 'Si está preso, será por algo', pero más bien constituían una excepción».

Aquella solidaria comunidad vivió con la familia todas las alternativas, tanto las esperanzas de salida como las negativas tajantes de la dictadura. «Por fin, y antes que el propio

David, nos enteramos de que su libertad era inminente, y la directora de la escuela nos consultó para ver qué podíamos hacer cuando llegara, ya que muchos padres querían ir a esperarlo al aeropuerto. Eso estaba claro: quienes tanto habían hecho por su libertad tenían todo el derecho de compartir nuestra alegría. Me adelanté hasta Frankfurt para prevenir a David, ya que él, por razones obvias, ignoraba la magnitud de lo realizado. Luego, en el aeropuerto de Köln, lo esperaban 300 personas; niños con dibujos, flores y manzanas de regalo, y también muchas lágrimas.»

Se resolvió entonces hacer una gran fiesta en la escuela, así «todos iban a poder ver y tocar a David, que era su logro, su conquista, el resultado de su trabajo solidario. Por supuesto, antes hubo que recauchutarlo.»

La fiesta tuvo su parte oratoria. Habló la doctora Focke, 65 años, de la guardia vieja de la socialdemocracia; en cierto modo, ella es algo así como la garantía moral de David en Alemania. «En realidad», dice Olga, «es nuestra madrina protectora». También hablaron la directora de la escuela, un delegado de los padres («obrero de la construcción y uno de los mejores amigos que tenemos aquí»), un alumno («que se ha convertido en un brillante político») y una delegada de los maestros. Luego David debía agradecer en sólo cinco minutos, pero con la traducción (hecha por Silvia, su hija) se fue a ocho. Y finalmente hablaron un diputado, el burgomaestre de la ciudad y (como también habían sido invitados los distintos grupos que trabajan por América Latina) una delegada del FDR salvadoreño. «Y ahí nomás empezó el baile con una orquesta integrada por trabajadores italianos. En fin, gran canyengue, con comida, bebida, llantos, etc.»

Éstas son las palabras que pronunció David Cámpora ese 20 de marzo de 1981: «Esta noche tiene una especial *significación. De alguna querida y extraña manera hemos venido a despedirnos y también a darnos la bienvenida. Nos estamos despidiendo, sin tristeza, de un hombre que estuvo preso nueve años. Que estuvo preso por negarse a cruzar los brazos cuando su pueblo tuvo hambre, dolor e injusticia. Nos estamos despidiendo, sin olvido, de una experiencia muy dura, un poco larga, pero enormemente valiosa. Todo preso político debe agradecer a sus carceleros que le confirmen, en los hechos y sobre su persona, la validez de sus convicciones, la razón de sus pasos. Nunca un hombre está más seguro de lo que hace, que cuando un dolor prolongado no logra quitarle el aliento y derrotarlo. Nos estamos despidiendo de una situación, pero conservaremos de ella prolija memoria. Hoy también damos la bienvenida a un padre en esta escuela. Tres hijos y una esposa me han traído de la mano; quieren mostrarme la excelencia que anida en los seres humanos. Hombres y mujeres del pueblo capaces de entregar y entregarse. Es un padre emocionado, que se siente en su propia casa, el que hoy puede decirles 'hola' y preguntarles dónde vamos juntos. Siento dentro mío que esta fiesta es algo especial, muy distinto a todo, algo nuevo e importante. Tan pero tan importante, que no soy capaz de decir las palabras exactas que debiera. Tan pero tan nuevo, como siempre resulta la calidez de la gente volcada hacia afuera, de la gente que se ha puesto a querer a los otros. También hay aquí grandeza esta noche. Hay la necesidad imperiosa de seguir haciendo, de seguir pudiendo. Necesidad que brota de lo logrado. Porque ustedes pudieron. Pudieron más que la brutalidad de una dictadura, más que el empecinamiento y el odio de los carceleros, más que la pereza y la comodidad de la vida para sí mismos. Ustedes pudieron y yo estoy aquí como prueba del poder de ustedes. Prueba, pero no medida. Porque no hay* medida que pueda abarcar todo lo que se vuelve posible para la gente que se ha puesto a poder. Me atrevo hoy a tomar las voces de mis tantos hermanos presos, a representarlos cabalmente, para decirles: muchas gracias por no dejarnos solos, muchas gracias por querernos tanto. Para pedirles que empecinen su solidaridad hacia América Latina, continente que está comprando con sangre su derecho a ser libre. Podemos esta noche hablar de prisión y muerte sin perder la alegría. Porque nuestra alegría es la del triunfo militante, porque nuestra fiesta es la del esfuerzo combatiente. Estamos felices porque sabemos asumir el dolor de los demás. Lo que ustedes me han dado, no hay forma adecuada de agradecerlo. A ustedes debo el aire libre, y la luz, las calles y las voces, el sueño y los libros. Ustedes me han devuelto mis hijos y mi esposa: mi lugar de cariño, mi permanente ternura. Me avergüenza estarles hablando, diciéndoles cosas. Lo único que tengo para trasmitirles es mi fe en el hombre y mi opaca sabiduría de preso. Precisamente a ustedes, empecinada gente buena, que acaban de realizar lo imposible. Ustedes que saben y pueden. Es para ustedes la fiesta, para ustedes el agasajo. Y soy yo quien los aplaude y los abraza.»

Los alemanes lloraron, y los latinoamericanos ni qué decir. No era para menos. Según cuenta Olga (porque David es muy discreto) «una muchacha se le abrazó y le acarició la espalda durante un largo rato, agradeciéndole lo mucho que le había dado.» Después de todo, la muchacha tenía razón. Sin saberlo ni proponérselo, David había brindado a esa colectividad la excepcional ocasión de expresar lo mejor de sí misma.

Don Rafael
(Un país llamado Lydia)

¿Soy extranjero? Hay días en que estoy seguro de serlo; otros en que no le concedo la menor importancia; y por último otros más (mejor diría que son noches) en que de ningún modo admito ante mí mismo esa extranjería. ¿Será que la condición de extranjero es un estado de ánimo? Probablemente si estuviera en Finlandia o en las Islas de Cabo Verde o en el Vaticano o en Dallas, me sentiría inexorablemente extranjero, y aun así, quién sabe. Dicho sea de paso ¿por qué empezaremos siempre con Finlandia cualquier nómina de lejanías, de lontananzas, de extraterritorialidades? ¿Quién nos habrá puesto ese prejuicio en la sesera? Hablar de alguien que está en Finlandia siempre ha sido para nosotros como decir que está en los quintos infiernos, y si no siempre asimilamos las dos acepciones es porque nunca se han visto quintos infiernos con tanto hielo y tanta nieve. Después de todo ¿qué sabemos de los fineses o finlandeses, aparte del *Kalevala* y el Nobel a Sillampää, ése de los cuatro puntitos sobre las dos aes? Hasta las olimpíadas de 1952 los diarios del Cono Sur escribían Helsinski, con una S antes de la K, pero un tiempo después empezaron a escribir Helsinki. ¿Qué habrá pasado en los juegos olímpicos para que Helsinski perdiera su segunda S?

Pero no estoy en Finlandia sino aquí. Y aquí ¿soy extranjero? No hace mucho leí en una buena obra de un autor alemán de estos ambivalentes días: «Es curioso que los extranjeros aprendan primero los insultos, las expresiones malsonantes y la jerga de moda del país en que viven (la muchacha que lleva sólo unos meses en P. suelta ya los gritos de dolor en francés y dice: ¡Ai! en vez de ¡Au!).» Según esa definición yo no sería extranjero porque sigo puteando tal y como lo hacía en mi tierra purpúrea y cuando tengo un dolor intenso no pronuncio ninguna interjección, ni de las importadas ni de las domésticas, sencillamente porque emito un extraño sonido que podría ser más bien definido como onomatopéyico, aunque el diccionario aporta tres ejemplos de onomatopeyas (miau, gluglú, cataplún) que por supuesto y por suerte no tienen nada que ver con los gruñidos o bufidos o estridores guturales que suelo producir en tales lancinantes ocasiones.

¿Qué pensaría yo de mí mismo si por ejemplo cuando el mes pasado, exactamente el miércoles nueve, el profesor Ordóñez me apretó el dedo con la sólita y sólida puerta de su Volkswagen yo hubiera gritado gluglú o cataplún? En cambio mi modesto estridor gutural, acompañado de mirada tajante (no en la acepción de «categórico» sino de «que taja o corta»), seguramente no le habrá dejado al pobre Ordóñez la menor duda acerca de mi odio instantáneo, odio por otra parte injusto además de instantáneo ya que él me había reventado el índice sólo por imperdonable distracción y no por xenofobia militante. Reconozco sin embargo que para mí no representó entonces ningún consuelo ni atenuante la indudable certeza de que ese tarado sería capaz de masacrarle el dedo, con toda ecuanimidad y pareja torpeza, a cualquiera de sus queridos compatriotas. Aunque parezca mentira aquella desgracia me causó gracia, porque durante unos cuantos minutos debimos haber sido dos «rostros pálidos» (afortunadamente no apareció ningún *sioux* en el horizonte): yo, porque estuve a punto de desmayarme en mitad de mis estridores guturales, y Ordóñez porque también. Con la única diferencia de que el dedo era mío. Ahora bien, ese odio instantáneo, y reconozco que injusto, que experimenté hacia mi colega aun cuando estuve a punto de desplomarme ¿lo habría sentido, en el mismo grado, si el dueño del Volkswagen hubiese sido un oriental del Paso Molino, de Tambores o de Palmitas? Tengo mis dudas al respecto, pero como la única forma de salir de ellas sería que un compatriota del Paso Molino, de Tambores o de Palmitas, me desbaratara un dedo con la puerta de su Volkswagen (bah, la marca puede ser otra) no tengo ningún inconveniente en mantenerme en el precario y confortable territorio de la duda filosófica. De todas maneras, si mi odio instantáneo hacia el pelma de Ordóñez tuviera connotaciones internacionales, o por lo menos interamericanas, mi caso ya no sería de xenofobia sino todo lo contrario.

El trasplante forzoso es duro en cualquier edad. Eso lo he sufrido en carne propia. Pero tal vez sean los jóvenes quienes se sienten más castigados. Y no lo digo por Graciela, o por Rolando, o por el mismo Santiago cuando algún día esté libre. Pienso más bien en los muchachos que eran todavía unos gurises cuando empezó el quilombo. A ellos les debe ser casi imposible concebir este tramo de sus vidas como algo no transitorio, como una frustración a larguísimo plazo. Y el peligro es que tal sensación pueda convertirlos en víctimas de una erosión irreversible.

¿Cuántos de esos que antes vimos militando cojonudamente en La Teja o en Malvín o en Industrias, y hoy vemos en París, junto al Sacré-Coeur, o en el Ponte Vecchio florentino, o en el Rastro de Madrid, tendidos junto a productos artesanales que ellos mismos han moldeado o tejido, cuántos de esos muchachos y muchachas, de vaga sonrisa y mirada lejana, no habrán visto, meses o años atrás, cómo caían a su lado los camaradas más queridos, o no habrán oído gritos desgarradores desde la celda nauseabunda y contigua? ¿Cómo juzgar justicieramente a estos neopesimistas, a estos escépticos prematuros, si no se empieza por entender que sus esperanzas han sido abruptamente mutiladas? ¿Cómo omitir que a estos jóvenes, segregados de su medio, de su familia, de sus amigos, de sus aulas, se les ha suspendido su humanísimo derecho a rebelarse como jóvenes, a luchar como jóvenes? Sólo se les dejó el derecho a morir como jóvenes.

A veces los muchachos tienen un valor a prueba de balas, y sin embargo no poseen un ánimo a prueba de desencantos. Si al menos yo y otros veteranos pudiéramos convencerlos de que su obligación es mantenerse jóvenes. No envejecer de nostalgia, de tedio o de rencor, sino mantenerse jóvenes, para que en la hora del regreso vuelvan como jóvenes y no como residuos de pasadas rebeldías. Como jóvenes, es decir, como vida.

Después de esta tirada creo que tengo derecho a respirar hondo. Decididamente, cuando me pongo serio puedo volverme insoportable. Pero también cabe la posibilidad de que el verdadero Rafael Aguirre sea éste, el insoportable, el pesado, el retórico, y que en cambio el otro Rafael Aguirre, el que disfruta haciendo juegos de palabras y se burla un poco de los demás y bastante de sí mismo, sea en realidad una máscara del otro.

Quizá sea un modo irregular, anómalo, de responder a mi propia pregunta: ¿soy extranjero? Y me respondo así, con una mano, la derecha, en el sudario, y otra, la izquierda, dibujando un sol que ojalá fuera tan espontáneo y luminoso como el que traza mi nieta con sus insólitos e insolentes colores. Sólo que yo no puedo diseñar un sol verde y unas nubes rosas como ella sí hace, sin la menor retórica de cielo. Y en definitiva creo que en mí puede más el sol (aunque sea ortodoxamente amarillo y naranja) que el sudario.

Lo único que puede redimir a un viejo es que a duras penas se sienta joven. He dicho joven y no verde, ojo. No que se haga el pibe vistiendo colorinches o escuchando esa porquería con la que aturden en las discotecas (ah los incomparables Beatles de mi prevejez, aquellos de «Michelle» o «Yesterday» o «Eleanor Rigby»), sino sintiéndose, a duras y maduras penas, un viejo joven.

Tal vez fue eso lo primero que entendió Lydia, y tal vez fue eso (quiero decir el hecho de que lo haya entendido) lo primero que me gustó en ella. Y sin hacerse demasiadas ilusiones. Quizá sucedió de ese modo porque es de aquí, digamos porque no es compatriota. Nadie puede ni quiere quitarse sus nostalgias, pero el exilio

no debe convertirse en frustración. Vincularse y trabajar con la gente del país, como si fuera nuestra propia
gente, es la mejor forma de sentirnos útiles y no hay
mejor antídoto contra la frustración que esa sensación
de utilidad.

Vincularse con la gente del país. Bueno, yo me vinculé con Lydia. Como a veces le digo: después de todo,
ya ves, estoy lydiando. Y me siento mejor. Lejos quedó
el simulacro del bastón. También por eso no me siento
extranjero, porque ella no es *mi extranjera* sino algo así
como *mi mujer*. Tiene su poco de sangre india, enhora-
buena. O quizá la tenga de sangre negra, también enho-
rabuena. Digamos que su linda piel es más oscurita que
la de Graciela o la de Beatriz. Y aún más oscurita (y mucho menos arrugadita) que la mía.

Tal vez me vinculé con un país llamado Lydia. Y es
un nexo distinto a todos mis anteriores. Faltan varios
ingredientes clásicos: urgencia, pasión, opresión en el pecho, ni siquiera me atrevería a decir que estoy enamorado,
pero a lo mejor me atrevo a pensarlo. Es claro que si co-
meto el error de mirarme al espejo, automáticamente me
lleno de cordura. No hay (ni tal vez haya) matrimonio, pero lo que no puedo negar es que si bien Lydia no es de mi
aldea, es en cambio de mi casta, de mi tribu. Y eso de que
me vinculé al país Lydia no es un simple tropo, porque fue
ella quien me introdujo en las cosas, en las comidas, en las
gentes de aquí. Ya he empezado a festejar (no a pronunciar, eh) los modismos locales, no sólo los definitivos, sino
también los transitorios, como por ejemplo cuando el
concuñado de Lydia confiesa que tiene ganas de mover el
bigote, y eso quiere decir que aspira a almorzar.

No obstante, me sigo viendo con los compatriotas. Hay multitud de temas que sólo puedo hablar con ellos, quiero decir hablarlos con plenitud, con conocimiento de causa, aunque no siempre con conocimiento de efectos. Hacer el complejo balance del pasado, más arduo cuanto más cercano, o como dice el buenazo de Valdés (medicina general y vías respiratorias) con su deformación profesional: hay que auscultar el país, señores, ponerle la oreja junto al lomo para sentir cómo respira y entonces ordenar, diga treinta y tres, diga por favor Treinta y Tres Orientales.

Pero a esta altura eso no me basta. No puedo vivir aquí y así, con la obsesión de que mañana o el próximo octubre o dentro de dos años, voy a quitar amarras y emprender el regreso, el mítico regreso, porque el estilo provisional jamás otorga plenitud, y entonces me interno en el país Lydia, y esto es mucho más que un símbolo sexual (sin perjuicio de que allí me interne y sea un lindo viaje), es también enterarme de lo que se entera la gente del país Lydia, es escuchar los noticieros de radio y televisión de cabo a rabo y no solamente cuando le toca a las noticias internacionales, en la cotidiana espera de que por fin llegue algo bueno desde allá abajo. Pero lo que llega es que desaparecieron otros cuatro, o murieron tres en la prisión y no siempre por lo que cierto defenestrado presidente llamaba «el rigor y la exigencia en los interrogatorios», sino pura y exclusivamente por fatiga y sobresaturación de cárcel. Lo que llega es que hubo más *rastrillos* y cayeron quinientos y luego soltaron a cuatrocientos veinte como era previsible, pero quiénes serán los ochenta restantes, qué les harán.

Estamos perdiendo la saludable costumbre de la esperanza. Ya casi no entendemos que otras sociedades la sigan generando. Recuerdo la madrugada del treinta de noviembre. Le había dicho a Lydia que no viniera. Quería estar solo con mi escepticismo. No creía en el plebiscito, me parecía una trampa ridícula. Pero a las tres de la madrugada me desperté y tuve la corazonada de encender la onda corta. Y la noticia vino como entremezclada con mi sueño (que no había sido particularmente estimulante) y el NO había arrollado la propuesta de los milicos, y sólo cuando me convencí de que eso no era una posdata de mi sueño, sino una noticia real, sólo entonces salté de la cama y grité como si estuviera en el Estadio y de pronto me di cuenta de que estaba llorando sin ninguna vergüenza y hasta con sollozos y que ese llanto no era cursi ni ridículo y me sorprendí tanto de mi propio estallido que quise recordar cuándo había llorado así por última vez y tuve que retroceder hasta octubre del 67, en Montevideo, también solo y de noche, cuando otra onda corta había pormenorizado la tristeza informativa de Fidel sobre la muerte del Che.

Pero en noviembre del 80, las gentes del país Lydia me dejaron llorar a solas y lo agradecí. Sólo vinieron al día siguiente para abrazarme, después de asegurarse bien de que yo tenía los ojos secos, y para que les explicara lo inexplicable, y entonces les fui diciendo mientras yo mismo me convencía: la dictadura decidió abrir, no una puerta, sino una rendija, y una rendija tan pequeña que sólo pudiera entrar en ella una sola sílaba, y entonces la gente vio aquella hendedura y, sin pensarlo dos veces, colocó allí la sílaba NO. Es probable que mañana den un portazo, cierren otra vez la fortaleza que habían creído inexpugnable, pero ya será tarde, la rotunda sílaba habrá quedado dentro, les será imposible deshacerse de ella. En esta época de bombas neutrónicas y ojivas nucleares, es increíble cuánto puede hacer todavía una pobre sílaba negadora.

Y Lydia vino, claro (no ya el país Lydia, sino Lydia solita y su alma) y no me dijo nada y también se lo agradecí, y después de asegurarse ella también de que yo tenía los ojos secos, se sentó en el suelo junto a mí (yo estaba como siempre en la mecedora y dejé de mecerme) y apoyó en mis rodillas su cabeza oscurita y sus cabellos negros.

Beatriz
(La amnistía)

Amnistía es una palabra difícil, o como dice el abuelo Rafael muy peliaguda, porque tiene una M y una N
que siempre van juntas. Amnistía es cuando a una le per-
donan una penitencia. Por ejemplo si yo vengo de la escuela con la ropa toda sucia y Graciela o sea mi mami
me dice por una semana estarás sin postre, y si después me
porto bien y a los tres días traigo buenas notas en arit-
mética entonces ella me da una amnistía y puedo volver
a comer helado de esos que se llaman canoa y tienen tres
pelotas una de vainilla otra de chocolate y otra más de
fresa que viene a ser lo mismo que el abuelo Rafael llama
frutillas.

También cuando Teresita y yo estuvimos peleadísi-
mas porque ella me había dado un sopapo lleno de barro
y pasamos como dos semanas sin decirnos ni chau ni
prestarnos el cepillo de dientes de pronto vi que la pobre
estaba muy arrepentida y no podía vivir sin mi carinio
y me di cuenta que suspiraba fuerte cuando yo pasaba y
empecé a tener miedo de que se suicidara como en la tele así que la llamé y le dije mira Teresita yo te amnistío
pero ella entonces creyó que la había llamado nada más
que para insultarla y se puso a llorar a lágrima cada vez

más viva hasta que no tuve más remedio que decirle Teresita no seas burra yo te amnistío quiere decir yo te perdono y entonces empezó a llorar de nuevo pero con otro llanto porque éste era de emoción.

También el otro día vi por la tele una corrida de toros que es como un estadio donde un señor juega con un mantel colorado y un toro que se hace el furioso pero es buenísimo, y después de muchísimas horas de estar jugando el hombre se aburrió y dijo no quiero jugar más con ese bicho que se hace el furioso pero el toro quería seguir jugando y entonces fue el hombre quien se puso furioso y como era muy necio le clavó aquí en la nuca una espada larguísima y el toro que ya estaba a punto de pedir la amnistía miró al señor con unos ojos muy pero muy tristes y después se desmayó en mitad de la cancha sin que nadie le diera la amnistía y a mí me dio tanta lástima que me salió un suspiro finito finito y esa noche soñé que yo acariciaba al toro y le decía chicho chicho igual que le digo a Sarcasmo el perro de Angélica y él mueve la cola contentísimo, pero en el sueño el toro no la movía porque seguía desmayado en mitad de la cancha y yo le daba la amnistía pero en sueños no vale.

El diccionario dice que amnistía es el olvido de los delitos políticos y yo estaba pensando que a lo mejor a mi papá le dan la amnistía, pero también siento miedo de que el general que puso preso político a mi papá tenga buena memoria y no se olvide de los delitos. Claro que como mi papá es muy pero muy bueno y sabe hasta barrer los calabozos, a lo mejor el general que lo puso preso político hace la vista gorda igual que mi abuelo hace conmigo, como si se olvidara de los delitos aunque verdaderamente no los olvide y a lo mejor una noche el general que lo puso preso político le da la amnistía así de repente y sin decirle nada le deja la puerta sin llave para que mi papá salga en puntas de pie y se asome calladito a la calle y tome un taxi y le cuente muy contento al chofer que le acaban de dar la amnistía así que lo lleve enseguida al aeropuerto porque quiere venir a vernos a Graciela y a mí y sepa que yo tengo le dirá al chofer una hijita que hace muchos años que no veo pero sé que es lindísima y muy buena y el chofer le dirá ah qué interesante señor yo también tengo una nena y seguirán hablando y hablando y hablando porque hasta el aeropuerto son una cantidad bárbara de kilómetros y cuando lleguen ya será de noche y mi papá le dirá el problema es que como estuve preso político ahora no tengo plata para pagarle y el chofer no se aflija señor son apenas treinta y ocho millones ya me los pagará cuando pueda y consiga trabajo y mi papá qué bueno es usted muchísimas gracias y el chofer no hay de qué y dele recuerdos a su señora y a su nena que es tan buena y tan linda y que tenga buen viaje y lo felicito por la amnistía.

Angélica en cambio es muy rencorosa y cuando Sarcasmo la muerde un poco no mucho porque tiene los dientes chiquitos y no lo hace por mal, ella le pega y le pega y después no le habla por tres días y yo sé que Sarcasmo se muere de tristeza y ella sin embargo nunca lo amnistía. A mí Sarcasmito me da muchísima lástima y me lo llevaría a mi casa pero Graciela siempre dice que en el exilio no hay que tener animalitos porque una se encariña y de pronto un día hay que volver a Montevideo y no vamos a llevar el perro o el gato porque se hacen pichí en los aviones.

Cuando venga la amnistía vamos a bailar tangos. Los tangos son unas músicas tristes que se bailan cuando uno está alegre y así vuelve a ponerse triste. Cuando venga la amnistía Graciela me va a comprar una muñeca nueva porque la Mónica ya está para jubilarla. Cuando venga la amnistía no habrá más corridas de toros ni me van a salir más granitos. Y el abuelo Rafael me va a comprar un reloj pulsera. Cuando venga la amnistía se acabará la amnesia. La amnistía es como una vacación que se va a desparramar por todo el país. Los aviones y los buques llegarán completísimos de turistas muy platudos que irán a ver la amnistía. Los aviones irán tan llenos que la gente estará parada en los pasillos y las señoras les dirán a los señores que van sentados ah usted también va a ver la amnistía y entonces el señor no tendrá más remedio que darle el asiento. Cuando venga la amnistía habrá cucharitas y camisetas y ceniceros con la palabra amnistía y también muñecas que cuando uno les apriete la barriga dirán am-nis-tí-a y tocarán una musiquita. Cuando venga la amnistía se acabarán las tablas de multiplicar, sobre todo la del ocho y la del nueve que son una basura. Me imagino que cuando algún día venga mi papá va a estar como un año hablando siempre de la amnistía. Teresita dice que Sandra dijo que en los países muy fríos hay menos amnistía, pero yo creo que ahí no debe ser tan grave porque como afuera está nevando y sopla un viento helado los presos políticos no querrán que los dejen en libertad porque en el calabozo están más calentitos. A veces pienso que la amnistía está demorando tanto que cuando venga a lo mejor yo seré grande como Graciela y trabajaré en un rascacielos y hasta podré cruzar las calles con luz roja como hacen siempre los mayores. Cuando venga la amnistía capaz que Graciela le dice al tío Rolando, bueno chau.

El otro
(Ponte el cuerpo)

¿Así que me encontrás raro? Puede ser, Rolando, puede ser. Además, hacía mucho que no nos veíamos. Sin embargo, debería estar feliz. Y a lo mejor estoy feliz y es precisamente eso lo que me vuelve extraño. ¿Te parece imposible? Estamos tan acostumbrados a las muertes que cuando por ejemplo ocurre un nacimiento nos agarra desprevenidos, o como diría un aficionado local al béisbol (ya ves cómo me voy adaptando) nos «coge fuera de base». Seguramente te estarás preguntando qué ocurrió. Y no te resignas a creer que lo ocurrido sea algo estimulante. ¿Desconfiás, eh? Yo también me he vuelto desconfiado. Y sin embargo el elemento nuevo es una buena noticia: soltaron a Claudia y está en Suecia. ¿No te lo imaginabas, eh? Pues la soltaron y está en Suecia, y ya me escribió y ya le escribí. ¿Qué te parece? Seis años son larguísimos, sobre todo si tenés en cuenta que yo pude zafar, apenitas pero pude, y ella no, ella tuvo que comerse esos seis de mierda, de humillaciones, de pudrición, de delirio. Y ahora decime, ¿cómo iba a gozar de mi libertad, cómo iba a disfrutar de mi trabajo (por fin estoy haciendo algo que me gusta, que se corresponde con mi vocación), del mero hecho de decir en voz alta lo que se me antoja, cómo iba a gozar de mi vida si sabía que Claudia estaba allá, reventada, animosa pero malherida, leal pero terriblemente ansiosa? Tengo treinta y dos años y soy un tipo robusto y sexualmente sano, en pleno vigor. Vos sabés que a esta edad, si sos normal, es imposible pasar seis años sin tener de vez en cuando una mujer. Yo también lo sé y Claudia lo sabe y en sus cartas me lo sugería indirectamente y por otras vías me lo mandaba decir sin ambages: «No te hagas problemas, Ángel. Yo te quiero como nunca y sin embargo no puedo exigirte una cosa así. Sos un hombre joven y estás afuera. No podés negarte a lo que espera el cuerpo. Es *tu* cuerpo. Yo no voy a sentirme agraviada. Jamás. Te lo digo en serio. Por favor, créemelo. Después, cuando yo salga, ya veremos qué pasa. Sí, yo te sigo queriendo como nunca, pero no te quedes sin mujer, no te condenes a vivir sin cuerpo de mujer. Yo sé mejor que nadie cuánto lo necesitas.» Y siempre así. Sólo faltó que me transcribiera aquel verso de Vallejo: «Ya va a venir el día. Ponte el cuerpo.» Era casi una obsesión en sus cartas y en sus mensajes. Yo le respondía que no se preocupara, que quizá más adelante, pero que ahora no tenía ganas ni deseos ni nada. Y ella de nuevo a insistir. Hasta que al fin se dio una coyuntura no buscada por mí, algo que vino muy naturalmente, y decidí ponerme el cuerpo, o sea que fui a la cama con una muchacha estupenda, y lo hicimos, claro, pero en otro sentido fue un fracaso. Yo miraba mi vaivén ¿sabés? como si fuera el de otro. Los órganos reaccionan, claro, al contacto de una linda carne contigua; pueden desenvolverse, excitarse, llegar por sí mismos a una culminación, pero yo permanecía ajeno a ese disfrute, yo estaba allá, en una celda remota, murmurándole apoyo a una mujer lejana y mía, consolándola, sin tocarla, de heridas que nunca cerrarán; diciéndole palabras, palabritas aisladas que para nosotros dos tienen el significado de un ritual, son como hitos de nuestra historia privada. Me dirás que eso ocurre con todas las parejas. Ah, pero en esta pareja uno estaba aquí, libre, pero sintiéndose estúpidamente culpable de su libertad, y la otra estaba allá, en clausura y en pugna, acompañada y solitaria, pensando probablemente en mí, en que yo me estaría sintiendo estúpidamente culpable de mi libertad. Y la muchacha que lo estaba haciendo conmigo, comprendió de pronto con claridad toda la situación, y la comprendió a pesar de que era de aquí, o quizá por eso mismo, y cuando ya estábamos tendidos y en silencio, mirando el techo, apoyó su mano en mi pierna, y dijo: «No te aflijas, esto te pasa porque eres buena gente», y se levantó y se vistió y se fue sin más, después de darme un beso en la mejilla. Así que imagínate si habrá sido buena noticia para mí saber que, después de seis años, la otra, o sea la única, la castigada, la leal, estaba libre y en Suecia y con amigos. Ésta es la historia. Por ahora. Nos hemos escrito, nos hemos telefoneado. Te aseguro que el teléfono no fue el medio ideal de comunicación, porque los dos llorábamos y al final aquello costó un montón de plata, nada más que para escuchar, durante un cuarto de hora, tres monosílabos y cuatro sollozos. Desde el primer momento le escribí que viniera enseguida y le compré el billete de avión, *open*, para que viaje cuando quiera y pueda. Pero en su respuesta noté cierta reticencia y empecé a imaginar cosas absurdas. Imagínate la libertad que uno tiene cuando se pone a imaginar cosas absurdas. Las razonables tienen que ver con permisos, residencias, pasaportes, etc., pero yo elegí las otras, por lo menos algunas, y las enumeré en mi nueva carta. Y hoy acabo de recibir su respuesta. Dice así, te la leo: «Vos seguís pensando en la Claudia que dejaste de ver hace seis años, pero en esos seis años pasaron muchas cosas y hasta los rostros cambian y esa transformación tiene un ritmo distinto al del simple transcurrir del tiempo. Sé que vos, por ejemplo, tenés el mismo aspecto, sólo que con seis años más. Es lo normal, ¿no? Pero yo, querido, no tengo el mismo rostro. Ésta es la reticencia que notaste en mi carta. Y como imaginaste tantas barbaridades, tomé esta decisión: me hice varias fotos, y te confieso que, aunque no lo creas, seleccioné la mejor, y bueno, aquí te la mando, Ángel, quiero que antes de que decidas si debo ir allá o quedarme aquí, veas cómo soy y cómo estoy, veas cómo pasaron esos seis años por mis ojos, por mi boca, por mi nariz, por mis orejas, por mi frente, por mi pelo. Y quiero (vos sabés que soy católica, así que te lo pido por el amor de Dios) que, si de veras me querés y respetás, seas rigurosamente sincero conmigo.» ¿Te das cuenta, Rolando, de todo lo que esa carta dice? ¿Podés leer como yo todas las entrelíneas? Por eso te decía hace un rato que a lo mejor estoy feliz y es eso lo que me vuelve un poco extraño. Estar feliz y sin embargo no ser feliz. Ah, pero nunca imaginé que el estar feliz incluyera ¿sabés? tanta tristeza.

Heridos y contusos
(Puta vida)

—¿Y qué sentiste cuando te leyó la carta, cuando te contó lo de la foto?

—Desconcierto. Realmente, creo que me sentí desconcertado.

—¿Desconcertado y culpable?

—No. Culpable no.

—¿Y entonces por qué llegaste con esa cara de velorio?

—Será porque este enredo no es precisamente una fiesta.

—Cuando decís enredo, ¿te referís a lo nuestro?

—Sí, ¿a qué va a ser?

—Yo no lo veo como un enredo.

—¿Ah, no? Pero es.

—¿Estás arrepentido?

—No. Pero no es una fiesta.

—Ya lo habías dicho. Tampoco lo de ellos es una fiesta.

—¿Lo de Claudia y Ángel? Tampoco. Pero al menos es transparente. Un dolor transparente. Un amor transparente.

—A diferencia del nuestro, que es opaco.

—No dije eso.

—Pero lo das a entender. Todo lo que no decís, lo estás sin embargo diciendo. ¿Te crees acaso que yo no me lo digo?

—Vos bien sabés que para mí lo único opaco es que no se lo hayamos comunicado a Santiago. Lo demás, no. De veras te quiero, Graciela, y eso no es opaco.

—¿A qué volver sobre eso? Lo hablé con Rafael y él me convenció. Y sigo creyendo que tuvo razón. Era demasiado para Santiago. Enterarse así, y enterarse allá. Entre cuatro paredes.

—Bueno, ahora viene.

—Sí, y estoy contenta de que venga.

—¿Contenta por eso quiere decir arrepentida de lo otro?

—No, Rolando, yo tampoco estoy arrepentida. Contenta quiere decir contenta, nada más. Contenta porque va a estar libre, que bien lo merece. Y también porque podré decírselo.

—¿Podrás?

—Sí, Rolando, podré. Soy bastante más fuerte de lo que pensás. Y además estoy segura. Ahora sé definitivamente que lo otro marcharía mal. Y respeto demasiado a Santiago para seguir mintiéndole.

—Puta vida, ¿no? Que el tipo salga, después de tantos años, y lo espere esto. Quiero decir: que lo esperemos nosotros con esta buena nueva.

—No sé. Después de todo, como dice Rafael, es mejor que se entere aquí, con otra perspectiva.

—También se enterarán los otros. Los compañeros. ¿Acaso te habló de eso tu admirado Rafael?

—No. Pero bien que lo sé.

—No creo que vayan a estar de parte nuestra.

—Probablemente no. A Santiago todo el mundo lo quiere. Será difícil.

—¿Cómo se lo vas a decir?

—No sé, Rolando, no sé.

—¿Preferís que le hablemos los dos?

—Mira, no sé cómo se lo voy a decir. Improvisaré. Pero en cambio sé que quiero decírselo a solas. Tengo ese derecho, ¿no?

—Tenés todos los derechos. ¿Y Beatricita?

—Está como distante. También eso me jode.

—¿Sabe que el padre llega dentro de quince días?

—Desde el domingo lo sabe. A pesar de la advertencia de Santiago, me resolví a decírselo. ¿Sabés por qué lo hice? Porque pensé que por alguna extraña vía se había enterado o lo intuía, y que acaso su actitud distante obedecía a que yo no le había dado la noticia. Pero después que se lo dije, ha seguido igual.

—Es demasiado avispada la botija. Seguro que sospecha lo nuestro.

—Eso creo.

—Después de todo, es una reacción inevitable.

—Puede ser, pero me preocupa.

—¿Y ahora por qué lloras?

—Porque tenés razón.

—Sí, claro, ¿pero en qué?

—En eso que hoy dijiste: puta vida.

Exilios
(Los orgullosos de Alamar)

Viví más de dos años en Alamar, una zona situada a unos quince kilómetros de La Habana e integrada fundamentalmente por bloques de viviendas, incesantemente construidos por brigadas de trabajadores capitalinos. Es una de las maneras que han hallado los cubanos para tratar de resolver su arduo problema habitacional, sin que por ello se resienta la producción. En cada fábrica u oficina o almacén, se forman una o más brigadas de 33 trabajadores cada una. Como por lo general no son obreros de la construcción, empiezan por un curso básico y luego se consagran a levantar edificios de cinco a doce plantas, que luego serán ocupados por aquellos de sus compañeros (o acaso por ellos mismos) que más urgentemente necesiten una nueva vivienda. El vacío laboral que cada brigada deja en su centro de trabajo es compensado por horas extraordinarias que trabajan los demás. Curiosamente, la idea provino de los obreros; el gobierno se limitó a viabilizarla.

Pero hay un detalle adicional que nos atañe directamente. En cada uno de esos edificios, las brigadas ceden un apartamento (si es de cinco plantas) o cuatro (si es de doce) a familias de exiliados latinoamericanos, y éstos lo reciben con mobiliario, refrigerador, radio, televisión, cocina a gas, y hasta sábanas y vajilla. Todo gratuito.

De ahí que un buen número de latinoamericanos estén concentrados precisamente en Alamar. Los niños y adolescentes uruguayos suelen ser allí, si no bilingües, por lo menos bitonales. Cuando juegan y corretean en las calles con sus compinches locales, hablan con un crudo acento cubano. Pero cuando entran en sus hogares, donde los padres siguen hablando tozuda y conscientemente de vos y che, *entonces los fiñes pasan a ser nuevamente botijas.*

Alamar es un lindo lugar, acaso con menos autobuses y árboles de lo necesario, pero con un aire liviano y salitroso, un mar al alcance de la mano y una fraternidad sin aspavientos.

El 30 de noviembre de 1980, día del plebiscito, zancadilla que la dictadura uruguaya se hizo a sí misma, yo ya no estaba en Alamar, sino en España. Esa madrugada, mientras las noticias del explosivo triunfo popular iban accediendo a las primeras planas de las noticias mundiales, pensé muchas cosas, claro, pero entre otras pensé en Alamar, en que habría sido bueno celebrar allí la increíble goleada.

Y cuando en el siguiente enero fui a La Habana, éste fue el primer tema que toqué con Alfredo Gravina. Alfredo y yo tenemos varias cosas en común, pero sobre todo dos muy importantes: la literatura y Tacuarembó, aunque él provenga de la capital departamental y yo sólo de Paso de los Toros.

«Ah, esa noche.» Y pone los ojos en blanco. Siempre pensé que Alfredo (su segundo nombre es Dante, pero nunca me atreví a tomarle el pelo, porque mi tercero es Hamlet) había salido con su tranquilo inimitable, de alguna película de Vittorio de Sica, con libreto de Cesare Zavattini. Ah, pero cuando pone los ojos en blanco, queda igualito a Totó.

«Mira, esa noche nos habíamos reunido varios de la colonia para charlar y tomar unos tragos. ¿El plebiscito? Lo previsible

era el fraude.» Entre sus arrugas de fogueo aparece esa sonrisa abierta, y siempre dispuesta a ampliarse, que quienes no lo conocen pueden interpretar como burla de otros, pero que nosotros sabemos que es joda de sí mismo. No autocrítica, entendámonos, sino joda de sí mismo. Hay matices, ¿no?

«Empezamos a cantar tangos, viejos tangos, quizá como una forma de sublimar la nostalgia. Pero una compañera, más realista (como suelen ser las mujeres) estaba, a pesar de la canterola, con la oreja pegada a la onda corta. Así que el panorama era éste: nosotros con Gardel y ella con la BBC. Y de pronto dio un salto: '¡Ganó el NO! ¡Ganó el NO por más del sesenta por ciento!' Y ahí nomás abandonamos al pobre Gardel y nos pegamos a la BBC, que nos confirmaba el notición.»

Ese mismo 30 de noviembre, en Mallorca, también yo me había enterado por la BBC; nunca antes, aquel español pulcro y desinfectado, esa suerte de promedio entre Guadalajara y Ushuaia, me había parecido tan espléndido.

«Nos largamos a la calle con una bandera», sigue Alfredo, «ni sé de dónde la sacamos. Había que comunicarlo y festejarlo. Golpeábamos en las casas de los compatriotas, pero la mayoría no había vacilado, como nosotros, entre el Mago y la BBC; sencillamente se habían ido al catre, porque el lunes es día de trabajo. Muchos creían que era una broma, pero de a poco fueron convenciéndose y sumándose al coro, cada vez más entusiasta y desafinado. Era tanto el escándalo que la policía no tuvo más remedio que acercarse, un poco asombrada ante semejante alboroto en un Alamar que a esas horas sólo descansa o hace el amor. ¿Qué era aquello? ¿Qué nos pasaba? Ahí nuestro principal argumento fue la bandera y a partir de eso entendieron lo demás. Sólo nos sugirieron que no hiciéramos tanto ruido, pero yo creo que sin ninguna esperanza de que siguiéramos el consejo. *En realidad, el festejo sólo terminó cuando empezó a asomar el sol».*

¿Y al final cómo estaban? «Orgullosos, che, orgullosos», concluyó el viejo Alfredo, flaco, arrugado y enhiesto, sacando pecho como en Tacuarembó.

Don Rafael
(Quitar los escombros)

Es raro. Mi hijo va a salir de la cárcel, va llegar aquí cualquier día de éstos y yo asumo la noticia con toda naturalidad, casi como si fuera el corolario de un presagio. ¿Acaso era tan previsible? ¿Cuántos, aun con menos años de prisión que Santiago, un día no pudieron más con su angustia o su cáncer o su propia historia, y murieron? ¿Cuántos más enloquecieron de desaliento o de impotencia? Sin embargo, desde el comienzo supe que iba a salir. Por instinto tal vez, por corazonada de viejo. Lo más curioso es que cuando Graciela me lo comunicó, en ese primer instante revelador no pensé en él ni en mí ni en mi nieta ni en el problema gordo que aquí le aguarda. Sólo pensé en su madre, en Mercedes. Pensé en ella como si estuviera viva, como si mi legítimo, razonable impulso fuera el de ir corriendo a avisarle, a decirle que pronto lo podría abrazar, estrujar, tocarle las mejillas, llorarle en el hombro, qué sé yo. Y así advertí que, a pesar de los años transcurridos, a pesar de Lydia hoy y otras más ayer y anteayer, existe todavía un nexo reservado que me une a Mercedes, al nombre y el recuerdo de Mercedes, con su atuendo siempre marrón; su mirada quieta, que allá en el fondo tenía permanentemente un puntito de emoción; sus manos débiles y sin embargo seguras; su sonrisa inconfundible y a menudo hermética; su tierna solicitud hacia Santiago. A veces se me antoja (una locura como cualquier otra) que ella habría querido un biombo tras el cual hablar con Santiago, acariciar a Santiago, mirar a Santiago, sin que el resto del mundo (yo incluido en el mundo) la importunara con su curiosidad, su deferencia o su recelo. Pero como, por supuesto, no había biombo, sufría un poco, no escandalosamente, sino con moderación, como era su estilo. No era fea Mercedes. Ni linda. Tenía un rostro personalísimo y atrayente, imposible de confundir u olvidar. Y una bondad bastante complicada pero legítima. Ahora, a tanta distancia, si quisiera ser descaradamente franco conmigo mismo, tal vez no sabría reconocer de qué me enamoré, o si realmente me enamoré alguna vez de esa mujer desmesuradamente mesurada. Me digo esto y de inmediato siento que soy injusto. Es claro que debo haberme enamorado. Sólo que no me acuerdo. Hablábamos entre nosotros bastante menos de lo que habla una pareja corriente, pero, claro, no éramos una pareja corriente. Sin embargo, esas pocas conversaciones no eran por cierto banales. Me desconcertaba bastante, pero nunca pude agraviarla, o gritarle, o recriminarle algo. Siempre parecía la recién emergida de un naufragio que aún no se había habituado por completo a su sobrevida. Me fue difícil comunicarme con ella, pero las pocas veces en que lo logré, fue una comunicación milagrosa, casi mágica. Hacer el amor con Mercedes era quizá como hacerlo con un concepto y no con un cuerpo, pero después de hacerlo quedaba tan dulce y tan trémula que ese epílogo significaba una unión mucho más estrecha que el acto en sí. Sólo cuando escuchaba buena música recuperaba esa misma expresión de modelo de Filippo Lippi. Cuando apenas llevábamos dos años de casados, en uno de sus infrecuentes raptos de confidencia que eran como concesiones que a veces nos hacía (a ella y a mí), me dijo qué bueno sería morir escuchando alguna de las Cuatro Estaciones de Vivaldi. Y tantos años después, exactamente el diecisiete de junio de mil novecientos cincuenta y ocho, cuando estaba leyendo y de pronto quedó inmóvil para siempre, en la radio (ni siquiera era el tocadiscos) estaba sonando la Primavera. Santiago lo supo y quizá por eso esa palabra, primavera, ha quedado ligada para siempre a su vida. Es como su termómetro, su patrón, su norma. Aunque no lo mencione sino rarísimas veces, sé que para él los aconteceres del mundo en general y de su mundo en particular se dividen en primaverales, poco primaverales y nada primaverales. Supongo que estos últimos cinco años no le habrán parecido primaverales. Y bien, ahora sale. ¿Habré hecho mal aconsejándole a Graciela que no le escribiera sobre la nueva realidad? Sólo faltan doce días para que lo sepa. O quizá deban transcurrir seis meses o seis años para que efectivamente pueda comprobar si mi consejo fue un acierto o un gazapo. La vida sigue, dicen y repiten las canciones banales, o si no lo dicen por lo menos lo rozan. Y como son las canciones banales las que lo dicen, nosotros los sesudos descartamos radicalmente esa blandenguería. Y, sin embargo, en todo lo cursi hay siempre un carozo de realidad. La vida sigue, por supuesto, pero no tiene un solo modo de seguir. Cada uno tiene su ruta y su rumbo. Conozco, porque me lo contó apabullada la mismísima Graciela, el caso diáfano de esa pareja, Ángel y Claudia (tengo la impresión de que él fue alumno mío). Para ellos la vida siguió de ese modo tierno, conmovedor. Ah, pero no es ley. Justamente es conmovedor y tierno porque sucedió sin violencia interior, con una inevitabilidad absolutamente natural. Yo confío en Santiago. Creo que a pesar de lo mucho que quiso y admiró a su madre, tiene en el fondo más de mí que de ella. Imagino qué haría yo, cuál sería mi actitud en un caso así. Y por eso confío en Santiago. Es claro que yo tengo sesenta y siete y él sólo treinta y ocho. Pero está Beatricita, que es una maravilla y que llenará seguramente la existencia nueva de Santiago. Hasta ahora yo me había guardado esa historia, pero anoche se la conté a Lydia. Escuchó mi largo monólogo sin interrumpirme ni una sola vez. Tenía (así me lo confesó luego) dos sensaciones encontradas. Por un lado, disfrutaba la prueba de confianza. Creo que a partir de esta noche, murmuró, nos hemos acercado más, creo que ya somos una pareja. Tal vez. Pero también le preocupó mi preocupación. Estuvo un rato en silencio. Arrolló y desenrolló múltiples veces uno de sus lindos mechones negros, y luego dijo déjalos sí déjalos, no intervengas salvo que te lo pidan, déjalos y verás que la vida no sólo, como tú dices, sigue, sino que además se acomoda, se reajusta. Quizá tenga razón. Todo este terremoto nos ha dejado rengos, incompletos, parcialmente vacíos, insomnes. Nunca vamos a ser los de antes. Mejores o peores, cada uno lo sabrá. Por dentro, y a veces por fuera, nos pasó una tormenta, un vendaval, y esta calma de ahora tiene árboles caídos, techos desmoronados, azoteas sin antenas, escombros, muchos escombros. Tenemos que reconstruirnos, claro: plantar nuevos árboles, pero tal vez no consigamos en el vivero los mismos tallitos, las mismas semillas. Levantar nuevas casas, estupendo, pero ¿será bueno que el arquitecto se limite a reproducir fielmente el plano anterior, o será infinitamente mejor que repiense el problema y dibuje un nuevo plano, en el que se contemplen nuestras necesidades actuales? Quitar los escombros, dentro de lo posible; porque también habrá escombros que nadie podrá quitar del corazón y de la memoria.

Extramuros
(Fasten seat belt)

ya se apagó el *fasten seat belt* o sea que recupero mi vida y
la azafata es linda / cuando me alcanza el jugo de naranja veo sus uñas de un discretísimo rosa pálido y tan pero
tan cuidadas / advierto que mi boina le llama un poco la
atención pero no me la quito ni muerto

cinco años dos meses y cuatro días y todavía existo hurra
son mil ochocientas ochenta y nueve noches bah

qué sueño tengo y sin embargo quiero disfrutar a plenitud de este cambiazo / saber que el cinturón de seguridad lo puedo sacar y poner y sacar a discreción mientras
oigo el murmullo de los abejorros / ninguno de los trescientos pasajeros disfruta de los abejorros a reacción como este servidor

la azafata me deja un diario y le pido otro más / entonces
mira la boina y me deja los dos / así que bomba de neu-
trones eh permanecerán las cárceles y no los presos pero
también los millones y no los millonarios / quedarán las
escuelas y no los niños

pero también los cañones y no los generales / ah y el misil que partirá de hamburgo quizá caiga en moscú pero puede que la respuesta no caiga en hamburgo sino en oklahoma cambios cambios cambios

qué sueño y sin embargo quiero recordar todas las caras de los míos allá / los que quedaron / aníbal no es un número esteban no es un número ruben no es un número / quisieron convertirnos en cosas pero los jodimos no nos cosificamos / esteban hermano vos tenés aliento para rato / tendrás que ayudar a los desalentados / ah pero a vos quién te ayuda

qué odio y sin embargo no quise desmenuzarme en él perderme en él / durante los primeros años lo regué cotidianamente como si fuera una planta exótica / después comprendí que no podía rendirles ese homenaje y además había tantas cosas para pensar y programar y analizar y hacer / se van a pudrir solos eso es

a andrés lograron arrastrarlo hasta la locura / quizá le pasó eso por demasiada inocencia demasiada fe en el hombre / todo lo sorprendía siempre pensaba hasta aquí llegaron y se acabó no pueden ser tan crueles pero sí eran / voy a convencerlos y empezaba a hablarles y le rompían la boca / demasiada inocencia por eso enloqueció

por el reloj de mi vecino sé que dormí más de una hora / ya puedo pensar mejor / me siento ágil y decido ir al baño / inimaginable esta libertad de ir al baño todas las veces que uno quiera / mi primera meada de hombre libre / salú el de mi derecha viene leyendo *time* y a la izquierda tengo el pasillo / cómo encontraré el ánimo del mundo la formación y deformación del mundo / sería demasiada mala suerte que justo ahora que salí el planeta explotara

beatricita qué fiesta nos espera / la verdad es que no sé exactamente qué me aguarda / evidentemente hay un problema sé que hay un problema / en las últimas cartas graciela no es la misma y no es cosa de leer entrelíneas / a veces me parece que está enferma y no quiere decírmelo / o acaso la nena eso ni pensarlo beatricita qué fiesta nos espera / incluso el viejo se ha puesto enigmático y al principio lo atribuí a la censura pero ya no

cinco años son muchos / graciela es un encanto pero el exilio es una grieta que diariamente se ahonda / graciela es un encanto y tenemos mucho pasado en común y eso pesa / decididamente la quiero cómo no voy a quererla pero esta duda un poco loca no favorece el amor y lo más probable es que yo sea injusto

el viejo me contestó en clave cuando le planteé lo del emilio / estuvo sagaz pero lógicamente un poco oscuro aunque tengo la impresión de que efectivamente lo entendió y ya estoy mejor ya no sueño con el emilio de la payana y el rango / aníbal me habló largamente de él sin saber nada de los pormenores por supuesto / él lo sufrió en carne propia / parece que era un monstruo con todas las letras

qué bien suena el abejorro / señores estoy volando
la azafata me sonríe y yo le sonrío / tal vez le ha impresionado mi boina pero no me la quitaré no faltaba más

qué habría pensado la vieja de todo esto / quizá sea mejor que no lo haya visto ni sentido / hablaba poco pero conmigo sí hablaba / entre ella y el viejo había una tierra de nadie pero en ciertas ocasiones la cruzaban unas veces él y otras veces ella / el viejo estuvo siempre un poco desconcertado y no era para menos pero la vieja se complacía en decirme muy en secreto cuánto lo quería / siempre bajo el juramento de que yo jamás abriría la boca / linda viejita la vieja todavía la echo de menos

después de estos cinco años de invierno nadie me va a robar la primavera

la primavera es como un espejo pero el mío tiene una esquina rota / era inevitable no iba a conservarse enterito después de este quinquenio más bien nutrido / pero aun con una esquina rota el espejo sirve la primavera sirve

el astutísimo neruda preguntaba en una de sus odas / ahora primavera dime para qué sirves y a quién sirves suerte que me acordé / para qué sirves / yo diría que para rescatarlo a uno de cualquier pozo / la sola palabra es como un ritual de juventud / y a quién sirves bueno mi modesta impresión es que servís a la vida / por ejemplo pronuncio simplemente primavera y me siento viable animoso viviente

parece que moví los labios cuando pronuncié primavera porque el de mi derecha me mira con alarma / pobre /

tengo la impresión de que sólo sabe decir invierno / y además yo podría haber estado rezando qué carajo todavía se usa

una esquina rota /quizá la haya roto la nueva graciela la graciela distante pero esto es seguramente una locura y ella me esperará en el aeropuerto con beatricita y el viejo / todo recomenzará normalmente naturalmente aunque el espejo primavera tenga una esquina rota eso sí la tendrá seguro la tendrá

en cuanto pueda me compraré un reloj

la azafata me alcanza la bandeja con la comidita y dada mi obvia condición menesterosa y post mazmorra sólo pido cocacola no como concesión ideológica sino porque no la cobran / ensalada berberechos bistec duraznos en almíbar / la boca se me llena de saliva incrédula / linda la cucharita me gustaría guardármela para sentirme alguna vez delincuente común

pensándolo bien no es tan grave que en sus últimas cartas graciela haya estado lacónica y distante / ya lograré acercarla nuevamente / artículo primero la besaré / cuántas veces discutíamos a los gritos y nos decíamos cosas muy idiotas y muy duras y de pronto nos mirábamos asombrados y entonces yo iba y la besaba y otra vez el mundo volvía a estar en orden o mejor dicho en espléndido desorden / pero así y todo durante un buen rato con su boca tapada por la mía ella seguía reprochándome no sé qué pero cada vez más suavemente más tiernamente y concluía en un murmullo y finalmente ella también besaba / artículo segundo la besaré / la verdad es que hace cinco años que no beso / sólo eso alcanza para enloquecer a cualquiera

cinco años dos meses y cuatro días son probablemente demasiado tiempo como precio de algún error / es casi la octava parte de mi vida vivida / yerro luego existo dijo alguna vez san agustín el erróneo / a veces pienso qué habría pasado conmigo si hubiese sido un obrero y no un conspicuo miembro del tan denostado sector terciario / igual habría ido en cana / segurísimo / pero quizá me habría adaptado mejor digamos a la comida / a la máquina no porque a eso nadie se acostumbra / vamos a ver qué diferencia hay entre mi conciencia de clase y la conciencia de clase de un proleta / después de todo yo también soy laburante pero claro hay como una tradición un ámbito familiar / aníbal es proleta también jaime / para los milicos eran números igual que nosotros / no saben diferenciar / por lo menos habrá que enseñarles que hay números arábigos y números romanos / con esa equiparación aprendíamos todos y verdaderamente nos emparejábamos

es claro que un proleta está siempre más seguro y difícilmente se dejará arrastrar a los vericuetos mentales en que nosotros solemos retorcernos / pero a la hora de ser leales podemos serlo todos / yo digo se me ocurre / ellos quizá más naturalmente más modestamente y nosotros en cambio explicándonos a fondo el presunto sacrificio y sacando de la manga todos los principios que hayamos coleccionado / machacándonos todas las honorables ra-

zones que existen para callar / los proletas se complican
menos la vida / sufren y punto / callan y chau

habrá que volver pero a qué país a qué uruguay / también tendrá una esquina rota y sin embargo reflejará más
realidades que cuando el espejo estaba virgen / habrá
que volver pero a qué primavera / no importa en qué estado calamitoso esté pero yo quiero recuperar mi primavera / ellos la taparon con hojas secas con nieve televisa-
da con santa claus sudando con alumnos de mitrione con
mundialito ganado y mundialote perdido con asesores
subdesarrollantes pero lo que ignoran es que bajo esas
capas de mierda siguen estando la vieja y la nueva primavera quizá con una esquina rota pero con trigales y om-
búes y tangos prohibidos y autorizados y el compa
gervasio y cielitos y central obrera y pastoreos y rebeldías y reglamento provisorio y comités de base y pueblo
ingobernable y vía láctea y autonomía universitaria y
mate amargo y el plebiscito y la colombes / habrá que
volver / naturalmente / y el uruguay con una esquina rota mostrará sin vanidad ese muñón en línea recta y el or-
be atenderá comprenderá respetará

se llevaron la bandeja y ahora me duelen un poco las rodillas / cómo será la cosa que hasta me parece bien que
me duelan las rodillas

las piernas de graciela los muslos de graciela el bosqueci-
to de graciela

qué estarán haciendo ahora los míos de allá

mientras sigue sonando el suave aletargante abejorro el
señor del *time* se ha dormido en mi hombro / creía haber
merecido mejor suerte / por fortuna una joven que está a
su derecha estornuda providencialmente y con ganas / el
vecino despierta azorado y se endereza murmurando
sorry / se le cae el *time* hacia mi lado y yo se lo alcanzo /
en la cana podíamos leer *claudia* qué amplitud no sé de
qué se queja la cruz roja / habrá que dormir pero confío
en no apoyarme a mi vez en el hombro puntiagudo de
mi vecino

no puedo / resulta que ahora me desvelé / lo que pasa
es que la boina me da picazón pero juro que no me la
voy a quitar

habrá que empezar desde cero como si fuera un recién
nacido y soy / como recién nacidos son los osados pelitos
que amagan bajo la boina

vamos a ver qué quisiera tener / operación franqueza /
prioridad número uno un reloj / luego un bolígrafo que
funcione / y qué vergüenza un juego de ping pong con
red y todo / cómo jugábamos allá en solís con el silvio y
el manolo y también con maría del carmen era buenísima la petisa / siempre agarraba la paleta a lo chino y le
daba a la globita un efecto del carajo / rolando no / rolando miraba socarrón desde un costado y siempre con
el mismo estribillo / yo no entiendo che como gente tan
boluda y dialéctica se puede tomar en serio esa caquita
de celuloide / y silvio entre saque y saque le recordaba
mira que mao es un campeón / por eso nunca podré ser

maoísta decía rolando / no me distraaaaaaigan vociferaba la petisa en esto hay que concentrarse como en el ajedrez / como en el ajedrez y en el coitus interruptus respondía rolando echando humo / cochino cochinaaaazo gritaba otra vez la petisa no me distraaaaaigas que ya el flaco me sacó cinco puntos / pero ni el flaco ni yo pudimos ganarle jamás por más de veintiuno a diecinueve

y también quiero hablar y escuchar y hablar y escuchar / no más esos entrecortados diálogos con aníbal o esteban que en ciertas ocasiones duraban dos meses repartidos en cuatro medias horas / treinta minutos por quincena en los recreos

gran tipo el rolando / con sus tangos sus minas / siempre mariposeando hasta que se politizó o mejor dicho lo politizamos pero resultó de una pieza / soltero impenitente se autodenominaba / quién sabe si todavía se mantiene invicto / ya caerá ya caerá / cómo definirlo / lumpen elegante / caballero tronado / manolo decía que era un duque en desgracia y al final todos le decíamos el duque y como si se ponía fino reclamaba ensalada de escarolas o niente entonces silvio le completó el tratamiento nobiliario y así le quedó para siempre lo de duque de *endives* / y a él le encantaba / una vez en el chajá le presentaron a la recién importada esposa de un diplomático noruego y él le besó la mano y musitó muy exquisito sobreponiéndose al short desflecado y las alpargatas duque de endives señora para servirla y para la pobre escandinava claro fue igual que si le hubiese dicho papa frita la rodilla me sigue jodiendo / será otra vez la amenaza del reuma artrósico / pero ahora haré gimnasia y después de los seis metros cuadrados cualquier pocilga me parecerá el salón de las pasos perdidos

estoy contento / no sé si se nota pero estoy contento / espero que no se me note / el de mi derecha va a tomarme por un pirata del aire / y soy de tierra míster soy de tierra / qué curioso los únicos piratas que se han vuelto totalmente anacrónicos son los del mar / sandokan incorporated y ramas anexas

los amigos caramba / a silvio nunca más pero a rolando y a manolo los encontraré / bueno el duque parece que está en méxico / bárbaro / manolo en gotemburgo / se separó de la tita / probablemente los dos tienen razón / la culpa no está en ellos / es esta sacudida que nos revolcó a todos / y además el exilio aplana tritura / el exilio también es una máquina / a alguien hay que achacarle la culpa de toda la frustración de toda la angustia y por supuesto se jode al contiguo al prójimo más próximo / ojalá que graciela y yo

también tengo ganas de ver el mar

después de todo salí mejor de lo que entré / qué primera semanita / bueno basta basta basta / soy el mismo y soy otro / y este otro es mejor / me gusta este otro en que me he convertido

la primavera no está todavía ahí al alcance de la mano / la primavera no llegará mañana pero acaso pasado mañana

/ reagan neutrónico y tozudo no podrá impedir que la primavera llegue pasado mañana

este olor a sobaco no es el mío

pensamiento profundo / la unidad latinoamericana tiene en estos momentos dos motores esenciales / reagan y la zeta / desde el río grande hasta tierra del fuego renegamos del estólido y no pronunciamos la zeta / o sea que al tipo no se le rechaza sino que se le rechasa

ah pero la otra unidad la que no es joda / por supuesto que la cana une la cana acaba con todas las grietas / pero ésa no debe ser la fórmula ideal / me parece

a veces tuve miedo a qué negarlo / un miedo del que tenía que tragarme los aullidos / no uno sino muchísimos miedos / miedo de despreciarme de preferir morir de quedarme sin el mundo / sin el mundo y sin huevos / de terminar como un guiñapo / es horrible tener tanto miedo pero más horrible es tener que tragarse los aullidos

y después pasaba el miedo y parecía mentira el haberlo siquiera rozado / tan corajudo y estoico podía sentirme luego / y tanto me transfiguraba que hasta podía experimentar un cierto desdén por algún otro que tenía miedo y debía tragarse los aullidos / alguien que en algún momento siempre y cuando no aullara habría de sobrepasar ese instante de mierda y habría de sentirse tan corajudo y estoico que hasta podría experimentar cierto desdén por algún otro que en el cepo de su miedo tenía que tragarse los aullidos etcétera

el miedo es el peor abismo y sólo uno puede arrancarse del pozo agarrándose los propios pelos y tirando hacia arriba / de a poco se va aprendiendo a no tenerle miedo al miedo / muy de a poco / entonces si uno le hace frente el miedo huye

la azafata de las uñas rosa pálido pasa ofreciendo los auriculares para los que quieran ver la película / pero no es una atención de la casa / cuesta dos dólares y medio y yo estoy pobre de solemnidad o solemne de pobreza da lo mismo / y le digo que no como si sólo quisiera dormir / acaso quiera

la tristeza también es temible / no sólo la propia sino también la ajena / qué hacer por ejemplo ante el compañero de celda semejante hombrón que de pronto se sacude y solloza en medio de la eterna penumbra de la noche en cárcel / vaya uno a saber qué recuerda o añora o lamenta o aguanta / el sollozo fraterno lo empapa a uno como una llovizna pertinaz de la que es imposible guarecerse / y no bien uno queda calado hasta los huesos entonces empiezan a despertarse una a una las tristezas personales / las tristezas son como los gallos / canta una y enseguida las otras se inspiran / y sólo así uno se da cuenta de que la colección es enorme e incluso que uno tiene tristezas repetidas

la película es una de pianistas / debe ser algo así como un concurso internacional para jóvenes talentos / sin sonido no parece música sino gimnasia / para colmo los dos son pianistas / la muchacha prolija y el muchacho desaliñado / en la primera parte domina ella y se dan besos prolijos pero en la segunda domina él y se dan besos desaliñados / y yo que hace cinco años que no beso ni prolijo ni desaliñado / la película es por supuesto norteamericana pero una de las jóvenes que compiten debe ser soviética porque siempre la acompañan dos de esos actores de escocesa prosapia que antes hacían de nazis y ahora la van de rusos y además la maestra de la joven talenta pide notoriamente asilo aunque con esa acción deba sobreponerse al enorme cariño que le inspira su prodigiosa alumna que por influencia nefasta del marxismo leninismo es un robot con trenzas / el final es reñidísimo pero la victoria es del teclado occidental y cristiano / piano piano

el concierto silente me ha dado sueño / es impresionante ver cómo en la pantallita aporrean el instrumento y uno mientras tanto como una tapia / no hay peor sordo que el que quiere oír

también está la idea de la muerte / viene y se va / a veces coincide con el miedo y otras no / en mí por lo común no coincidía / al final el dolor provoca más miedo que la muerte / incluso se puede avizorar la muerte como un definitivo analgésico pero siempre hay un pedacito de primavera que se resiste

tengo ganas de sentarme una semana a charlar con el viejo / tengo ganas de hablar con él todo lo que no hablé

en los años anteriores / saber qué aprendió en este período y también que él sepa qué aprendí yo / pensamos
distinto en muchas cosas pero enterarnos de las diferencias es también una forma de achicarlas

durante cinco años lo más estimulante fue el sol

qué lejos quedan la infancia el liceo las luchas estu-
diantiles el trabajo los sueldos / me parecen cosas de otro
/ a veces las recuerdo hasta en sus detalles pero como si
alguien me las hubiera contado en una noche de neblina

fue en buenos aires cuando beatricita aún no había nacido fue en buenos aires cuando graciela me dijo para mí es
inimaginable no tenerte / una tarde de lluvia caminando
por lavalle muy juntitos para aprovechar el único paraguas cuando toda la porteñada salía de los cines

para mí la única prueba de la existencia de dios son las
piernas de graciela

en la cana a muchos les dio por escribir versos / a mí no / a
mí me daba por cantar tangos sin volumen calladito calladito en completo silencio y qué bien me salían jamás un gallo

para no delatar para nunca aflojar hay que levantar una
empalizada y ser consciente de que aun sufriendo aun te-
miendo aun vomitando la empalizada debe ser defendida
hasta la muerte / gracias john ford
cuando uno está libre y es aprehensivo siente de pronto
dolores imaginarios y cree que son reales / en la cana es

distinto / cuando se siente un dolor real hay que pensar que es imaginario / a veces ayuda

afuera para que la solidaridad se sienta hay que reunir un millar de personas y colectas y denuncias y derechos humanos / adentro en cambio la solidaridad puede tener el tamaño de media galletita

cuando son los cabos o los sargentos los que miran por el agujerito para vigilarnos nunca me despierto no les doy bolilla / sólo me despierto sobresaltado cuando después de las dos son los oficiales los que vichan

supongamos que llego al aeropuerto y no hay nadie esperándome / nada de eso / borrón y cuento nuevo / supongamos que allí están graciela y el viejo y beatricita

jugar un partido de vóleibol o de fútbol era tan importante como fundar una dinastía o descubrir la ley de gravedad

en total estuve incomunicado veinte días / de ahí o sea de la famosa isla se sale loco o se sale más fuerte / yo salí más fuerte pero lo malo es que no descubrí el método

la azafata pasa tan silenciosa entre los durmientes que casi todos se despiertan y piden disculpas y se miran disimuladamente la bragueta / en algunos países le dicen portañuela pero debe ser una deformación de portezuela la joven que está a la derecha del que está a mi derecha duerme literalmente despatarrada y de un bolsillo de su

linda chaqueta le sale la mitad de un tenedor / una delincuente común

esto empieza a moverse / fasten seat belt / despertar uná-
nime / la despatarrada procede a patarrarse y esconde
prestamente el tenedor

también mi estómago se mueve pero igual estoy contento / no es hora ni ocasión de vomitar / mi estómago
sube a mi garganta y se saludan qué tal qué tal / la despedida es también conmovedora

por razones obvias yo no tenía visitas / es malo y no tan
malo / cuando uno tiene visitas se angustia toda la semana / trata infructuosamente de no arriesgar la menor sanción / espera ese vistazo familiar cual si fuera una maravilla y a veces es / en cambio cuando no se tienen visitas no
hay sanción que valga / uno se siente asquerosamente solo pero también más suelto o menos preso

cuando yo tenía nueve años más o menos la edad de beatricita había dos cosas por las que valían la pena las vacaciones / una era sentarse a la hora de la siesta en la
escalera de mármol con el culo fresquito a leer y leer /
así me tragué todo verne y salgari y hasta tarzán de los
monos / hay que ver que en la escuela nuestra palabra
clave era kagoda / y lo otro era ir a la chacrita de los tíos
junto a la costa / desde los nueve a los catorce fui allí todos los veranos / no había otros botijas así que tenía que
arreglármelas solo y me escabullía hasta el río / a graciela le conté en una carta o quizá en un proyecto de carta o

en un pobre monólogo a solas cómo me subía al bote y
remaba hasta el centro del río pero otras veces permanecía en la orilla o tirado al pie de unos árboles enormes o
que así me lo parecían y todo era un descubrimiento las
piedras los hongos los bichitos de humedad o una pareja
de perros mugrientos que en cierta ocasión fornicaron
cabalmente aunque yo ignorara el sentido de su gimnasia y quedaron unidos con caras de pobres resignados /
yo me sentía en el centro mismo del universo y habría
querido averiguar el secreto de cada corteza de cada
ciempiés de cada benteveo y no me movía porque sabía
que sólo quedándome inmóvil podía tener alguna posibilidad de descubrir la verdadera intimidad de aquella
minijungla / y curiosamente jamás se me ocurrió gritar
kagoda porque yo sabía que el ultimatum tarzanesco no
tenía allí ninguna validez nadie lo habría entendido ni le
habría afectado su sentido conminatorio / y en esa realidad apareció una mañana muy temprano un cierto ser
extraño aunque después supe que él podía ser una parte
legítima del paisaje con mucho más derecho que yo / era
un niño pues pero descalzo y en andrajos / la cara y las
piernas y los brazos tenían una mugre que me pareció
mundial / me asusté un poco porque en medio de mis
ensoñaciones no lo había escuchado acercarse o acaso
había creído que el ruido entre las ramas era ocasionado
por los perros vagabundos de siempre y como me asusté
él rió un poquito no mucho rió como a pesar suyo y se
sentó frente a mí sobre un tronco / dije hola y él emitió
un soplidito / a veces movía la cabeza o las manos para
espantar los moscones / le pregunté sos de aquí y él emitió otro soplido / yo no sabía qué hacer ni qué iniciativa

tomar y entonces se me ocurrió recoger una piedrita y haciendo un enorme esfuerzo el máximo del que era capaz la tiré hacia el río y se hundió ahí nomás cerca del bote / entonces él sonrió de nuevo y emitió otro soplido y se levantó y recogió también una piedrita y casi sin esfuerzo colocando el brazo un poco de costado la arrojó también hacia el río y aquel guijarrito insignificante no soló llegó a una distancia descomunal sino que además fue dando saltos sobre el agua casi quieta y entonces yo sentí que el pecho se me llenaba de admiración y le dije qué bárbaro y aplaudí y me reí y no sé cuántas cosas más hice para que él se diera cuenta de cómo me había deslumbrado y para culminar le dije sos un campeón / y entonces él me miró esta vez sin resoplar y por primera vez habló / no soy un campeón porque es lo único que sé hacer

con ese fondo de recuerdo silvestre e infancia remota creo que ahora sí me viene la modorra / voy a contar milicos a ver si me duermo

así que otra vez *fasten seat belt* / está bien está bien / debo haber dormido un par de horas / lo malo es que soñé nuevamente con emilio

Beatriz
(Los aeropuertos)

El aeropuerto es un lugar al que llegan muchos taxis y a veces está lleno de extranjeros y revistas. En los aeropuertos hace tanto frío que siempre instalan una farmacia para vender remedios a las personas propensas. Yo soy propensa desde chiquita. En los aeropuertos la gente bosteza casi tanto como en las escuelas. En los aeropuertos las valijas siempre pesan veinte kilos así que podrían ahorrarse las balanzas. En los aeropuertos no hay cucarachas. En mi casa sí hay porque no es aeropuerto. A los jugadores de fútbol y a los presidentes siempre los fotografían en los aeropuertos y salen muy peinados, pero a los toreros casi nunca y muchos menos a los toros. Será porque a los toros les gusta viajar en ferrocarril. A mí también me gusta muchísimo. Las personas que llegan a los aeropuertos son muy abrazadoras. Cuando una se lava las manos en los aeropuertos quedan bastante más limpias pero arrugaditas. Yo tengo una amiguita que roba papel higiénico en los aeropuertos porque dice que es más suave. Las aduanas y los carritos para equipaje son las cosas más bellas que tiene el aeropuerto. En la aduana hay que abrir la valija y cerrar la boca. Las azafatas caminan juntas para no perderse.

Las azafatas son muchísimo más lindas que las maestras. Los esposos de las azafatas se llaman pilotos. Cuando un pasajero llega tarde al aeropuerto, hay un policía que agarra el pasaporte y le pone un sello que dice Este niño llegó tarde. Entre las cosas que a veces llegan al aeropuerto está por ejemplo mi papá. Los pasajeros que llegan siempre les traen regalos a sus hijitas queridas pero mi papá que llegará mañana no me traerá ningún regalo porque estuvo preso político cinco años y yo soy muy comprensiva. Nosotros frecuentamos los aeropuertos sobre todo cuando viene mi papá. Cuando el aeropuerto está de huelga, es mucho más fácil conseguir taxi para el aeropuerto. Hay algunos aeropuertos que además de taxis tienen aviones. Cuando los taxis hacen huelga los aviones no pueden aterrizar. Los taxis son la parte más importante del aeropuerto.

El otro
(Por ahora improvisar)

A esta altura Rolando Asuero ha dejado de preguntarse. Se ha fabricado a puñetazos una respuesta y además está sinceramente convencido. Ahora sólo resta ir al aeropuerto y enfrentar el pasado, el presente y el futuro todo junto. Probablemente Graciela tiene razón y lo mejor sea improvisar. Improvisar sobre un tema fijo, claro está. Pero qué hacer cuando llegue Santiago y se abrace de ella y de Beatricita como de sus razones y sinrazones de vida. Qué hacer. Dónde poner las manos. Hacia dónde mirar. Qué hacer cuando Santiago abrace a Rafael y éste le acaricie un poco la nuca porque es un gesto propio de esa generación en retirada. Y sobre todo qué hacer carajo cuando lo abrace a él y le diga qué suerte duque que estés aquí, en el avión venía pensando en vos, habrá que empezar a rejuntar el viejo clan, qué te parece. Y qué cara pondrá Graciela cuando él la mire, en mitad del abrazo, por sobre el hombro de Santiago. Sin embargo, cree que los peores momentos van a venir después, cuando Graciela por fin se lo diga y el recién llegado empiece a reconstruir la escenita del aeropuerto y se halle ridículo a más no poder y se desprecie y nos desprecie porque todos sabíamos el libreto menos él y empiece a rehacer los besos que le dio a Graciela frente a mí y el abrazo que me dio frente a Graciela y va a ser muy duro de remontar ese pasadito que queda ahí nomás a pocas horas. Cómo convencerlo de que todo se fue haciendo solo, de que nadie lo premeditó, de que aquel viejo compañerismo de los siete fue de alguna manera el caldo de cultivo de este acercamiento y en definitiva de este amor. Porque es amor, Santiago, y no aventurita, esto es lo bueno y lo jodido, piensa Rolando, es lo que después de todo nos justifica humanamente a Graciela y a mí pero también lo que convierte a Santiago en obligado perdedor. ¿Obligado? Una pregunta lógica es si se dará por vencido o luchará, si aceptará los hechos porfiadísimos o si, jugando la carta inteligente de la serenidad, le dirá a Graciela no resolvamos nada hoy, tené en cuenta que acabo de llegar, recién salidito de la cana, y debo acostumbrarme no sólo a esta nueva situación sino al mundo en general, mejor será que hablemos, yo diría que no los tres, sino nosotros dos que vivimos tanta historia a cuatro manos, por qué vamos a darlo por resuelto cuando tenemos todo el tiempo por delante, antes de resolver déjame disfrutar un poco de Beatricita, déjame hablar largamente con ella, no de este problema estate tranquila, lo que menos pretendo es que tu imagen se deteriore ante ella, y también hablaré con Rolando pero después, por ahora todo me parece increíble y a cada minuto me figuro que voy a despertar de otra cabeceada en el avión. Claro, ésta es una variante por cierto bastante verosímil, sobre todo conociendo a Santiago, que cuando se propone no perder la calma generalmente lo consigue, y hay que ver que aquí se trata de no perder la calma ni la mujer. También piensa Rolando que eso es lo que él haría si fuese Santiago. Por lo pronto, se agarra una patilla y levanta las cejas. Quisiera que todo llegara cuanto antes a su desenlace. En realidad, es Graciela la que posee la decisión última, ya que Santiago por un lado y él por otro, quieren estar con ella, dormir con ella, vivir con ella. Y quizá ahí radique la reducida ventaja que él, Rolando Asuero, le lleva a Santiago, porque le consta que en la semántica de los cuerpos Graciela y él se entienden de maravilla, y que además en los últimos tiempos ella le ha dado repetidas veces una tierna seguridad, casi una feroz seguridad, de que va a seguir con él y no con Santiago. Pero la ventaja de éste puede llamarse Beatricita, porque si, en vista de los acontecimientos y las decisiones, Santiago quiere llevársela con él, ya no está tan seguro de que Graciela, que como madre es toda una leona, se resigne así nomás a perder la gurisa, que además está lógicamente encandilada con un padre que ha pasado cinco años en la cárcel y que significa para ella toda una novedad. Pero bueno, se dice Rolando Asuero mientras avanza hacia el aeropuerto, ¿es ésa acaso una situación, no digamos ideal, pero al menos razonable? ¿Qué beneficio profundo puede sacar Santiago de una unión tan forzada, donde la gurisita sea meramente un motivo de chantaje? Por cierto que esta palabra no le gusta, reconoce que es una falta de respeto a Santiago, y decide mentalmente borrarla del planteo. Pero el ser humano es tan imprevisible. También puede ocurrir que Santiago prefiera tener a Graciela en una relación deteriorada antes que a Graciela en la cama de otro, aunque ese otro sea un amigo del alma, o precisamente por este detalle no tan nimio. Bueno, aquí está por fin el aeropuerto, y Rolando desciende del autobús en tal estado de ensimismamiento que por poco se come un escalón.

Extramuros
(Arrivals Arrivées Llegadas)

extraño me siento extraño pisando este suelo / menos
mal que llueve / con la lluvia todo se empareja y el paraguas se convierte en el común denominador de la humanidad / al menos de la humanidad guarecida

extraño me siento pero ya se me pasará / nadie se muere
de extrañeza aunque sí puede morirse de extrañar / lo
que ocurre es que se juntaron demasiadas cosas / la noticia / la despedida de los míos allá / los jodidos trámites /
la mueca jactanciosa del oficial penúltimo / carrasco / la
partida sin nadie para mí / el viaje el largo viaje con sueños y cavilaciones y proyectos / bueno y las comidas /
cómo no sentirme desconcertado después de cinco años
de aquel guiso infame

el funcionario que mira largamente el documento / la
verdad es que cuatro minutos pueden ser una eternidad /
por favor podría quitarse la boina y cuidadosa compara-
ción con la foto / siempre serio pero muy canchero así
que otro más / sí otro más / yo también muy canchero /
sólo entonces sonrisa y el rostro adusto que se cambia en

cara de indiecito macanudo / buena suerte amigo / me
dijo buena suerte amigo

y ahora a esperar las valijas / la mía la pobre mía vendrá
o no vendrá / esto va a demorar / y los que aguardan / el
montón de cabezas tras los cristales / si pudiera verlos
encontrarlos

pero si están / son ellos claro que son ellos / orientales la
patria o la tumba / trabajadores del mundo unios / eure-
ka / la celeste que no ni no / fiat lux / nosce te ipsum /
patria o muerte venceremos / arriba los que luchan / carajo qué alegría

graciela y el viejo y esa cosita bárbara que debe ser mi
gurisa / graciela linda / pensar que ésa es mi mujer / beatricita qué fiesta nos espera / y ese otro que levanta los
brazos / pero si es el duque / pero si es el duque de endives en persona

Palma de Mallorca, octubre 1980 a octubre 1981

Índice